El Matarife

Editorial Bambú
es un sello de Editorial Casals, SA

Casp, 79 – 08013 Barcelona
Tel.: 902 107 007
editorialbambu.com
bambulector.com

Ilustración de la cubierta: Martín Romero
Diseño de la colección: Estudi Miquel Puig

Primera edición: febrero de 2017
ISBN: 978-84-8343-513-7
Depósito legal: B-1254-2017
Printed in Spain
Impreso en Anzos, SL
Fuenlabrada (Madrid)

EL MATARIFE

FERNANDO LALANA

bam bú

EDITORIAL

UNO

No elegimos nuestras pesadillas. Ellas nos eligen a nosotros.

Germán despertó, sediento, de un sueño agitado en el que se sentía morir ahogado en el mar de los Sargazos, mar de piratas del que había sabido de niño leyendo novelas de Emilio Salgari: *El corsario negro, La reina de los caribes, Honorata de Wan-Guld...*

Los sargazos. Algas que crean praderas inmensas, tupidísimas, cerca de la superficie. Se reproducen por esquejes, así que, si los cortas en trozos, se multiplican. Si intentas nadar entre los sargazos, ellos te atrapan, te arropan, te seducen, se enredan a tu cuerpo, te inmovilizan y mueres. Mueres en una muerte horrenda, lenta, por asfixia; esa muerte a la que ves venir pero no puedes esquivar; esa muerte que todos hemos temido alguna vez, que todos hemos imaginado en nuestras peores pesadillas. Esa muerte de la que escapamos en el último instante, al despertar en medio de un sudoroso escalofrío y de un grito que te araña la garganta.

Germán no gritó ni se agitó. Simplemente, abrió los ojos. El corazón se le había encabritado, pero él se mantuvo inmóvil, apretando los dientes, hasta que su ritmo cardiaco menguó y dejó de sentirlo como un redoble en las sienes.

Ya era de día. La luz que se filtraba por la ventana era pobre, gris. Luz de estaño, a causa de la niebla.

Enseguida fijó la vista en el techo de la habitación. Allí estaba, todavía, también hoy, el rostro de la mujer. Seguía creciendo.

Desde hacía una semana, una extraña mancha de humedad había aparecido en el techo de su habitación. Lo hizo justo el mismo día en que la niebla, la maldita niebla, se precipitó sobre la ciudad para ya no levantar. Al principio, Germán no le concedió importancia. Solo era una mancha. Pinceladas de moho verdinegro dibujadas aparentemente al azar sobre el lienzo invertido del cielorraso de escayola. Culpa de una gotera en el tejado, tal vez. De un poro en una cañería, quizá. El agua siempre busca un camino y, finalmente, emerge en el lugar más insospechado. En esta ocasión, justo encima de su cama. Exactamente sobre su cabeza, así que, desde hacía siete días, era lo primero que veía cada mañana al abrir los ojos. Creciendo con rapidez, extendiéndose como una epidemia en miniatura.

A partir del tercer día, Germán se percató de que la mancha lo miraba. De algún modo, lo observaba. La mancha iba dibujando en el techo del cuarto de Germán un rostro cada vez más completo. Un rostro esquemático, pero delicado; un rostro Boticelli; un rostro Modigliani; un rostro que lo miraba, que parecía velar su sueño. O amenazar su vigilia.

Al principio, pensó que era su imaginación, como el que descubre figuras en las nubes. Pero ahora ya no. Las nubes cambian y donde ahora hay un toro, diez minutos más tarde puede haber un torero. La mancha, en cambio, no cambiaba. Se iba perfilando, definiéndose, ganando precisión; pero siempre mostraba el mismo rostro. Cada mañana, al despertar, la mirada de la mancha se había vuelto más intensa e inquietante. Y seguía creciendo, día tras día, incorporando nuevos detalles. Era un rostro de mujer. Una mujer hermosa pero atormentada; una mujer enérgica; una mujer en busca de venganza. Pero siempre la misma mujer.

Esa noche, Germán intentaría hablar con ella, lo había decidido. De día no era posible porque permanecía inmóvil, la mirada fija y quietos los labios. Sin embargo, de noche, iluminada por la llama temblorosa de una única vela, el rostro cobraba vida. Palpitaba. Germán estaba seguro de que ella intentaba hablarle, revelarle su secreta desgracia. Su amargura.

Él haría lo posible por escucharla, ya que no la conocía. No podía conocerla, porque hasta unos años más tarde no se asomaría a las pantallas de cine de todo el mundo. Aunque Germán no lo supiera, aquel era el rostro de Lauren Bacall.

Progeria

Germán se incorporó con esfuerzo y con frío, hasta quedar sentado en el borde de la cama. Una familia monoparental de cucarachas caminaba junto a la pared. Papá cucaracho y sus tres hijos se introdujeron por la rendija que separaba dos de las piezas de madera del rodapié.

Las cucarachas odian el frío, así que en invierno se dejan ver poco. Sin embargo, ahí estaban esas cuatro, a la vista, camino de su guarida. Germán se preguntó cuántas cucarachas habría al otro lado de la pared para que algunas de ellas salieran a pasear en pleno invierno. Tenían que ser centenares. Miles, quizá. Al llegar el verano perdían la vergüenza y correteaban por toda la casa, día y noche. Las encontrabas por doquier: entre la ropa, en la bañera, entre la vajilla, sobre la cama, por todas partes. Negras, pardas y rubias. Nacionales y de importación. Asquerosas todas. A veces, imaginaba el interior de los tabiques abarrotado de cucarachas que ocupaban todos los intersticios del ladrillo, moviéndose como un enjambre, produciendo un sonido característico al rozarse unas con otras, una suerte de zumbido plano, como de lenta piedra de afilar, que Germán creía percibir claramente en el silencio de la noche.

A veces, escuchando el siseo de las cucarachas, pensaba en lo fácil que sería acabar con alguien de una manera horrenda en aquella casa. Bastaría inmovilizarlo de algún modo y, con un golpe de mazo, ocasionar un boquete en la pared. Un boquete que vomitaría todo un torrente de cucarachas que invadirían la habitación y se abalanzarían sobre la víctima haciéndola enloquecer. Devorándola muy poquito a poco.

Al pensar en ello, sintió un escalofrío y la sacudida le produjo un doloroso pinchazo en la espalda.

¿Por qué le dolía tanto el cuerpo, el cuerpo entero?

Se asustó al mirarse las manos. ¿Qué le ocurría? La piel ajada, las arrugas, las uñas amarillentas, los dedos retorcidos. Artritis. Artrosis. Algo así. Pero ¿por qué? Esa era una enfermedad de viejos. En realidad, casi todas las enfermedades matan a los viejos, aunque..., no siempre es así. De vez en cuando, alguien aún joven muere como un viejo. Incluso hay una enfermedad que consiste, precisamente, en hacerse viejo siendo joven. Progeria.

Pero no, eso no podía ocurrirle a él. Claro que no.

Se levantó y se acercó al espejo situado sobre el lavabo.

Con alivio, vio su cara, la cara que esperaba. Su cara de doce años y no otra. Por alguna razón misteriosa, sin embargo, sus manos sí parecían pertenecer a otra persona, alguien mucho más viejo; pero su cara aún era su cara.

Germán se vistió lentamente, con dificultad, como un viejo, lanzando de cuando en cuando vistazos de reojo a la grieta de las cucarachas, que no se atrevieron a asomar ni las antenas. Después, hizo la cama con no mucho empeño y salió del cuarto en busca de su madre para descubrir que su madre no estaba en la cocina ni en el cuarto de baño ni en su habitación.

Germán contempló con cierta perplejidad la cama vacía de su madre. Una cama intacta. Sin deshacer. Nadie había dormido en ella. Se preguntó dónde habría pasado su madre la última noche.

En la nevera encontró leche que no olía demasiado mal y se calentó el contenido de un tazón en un cazo eléctrico, de esos que no se ponen al fuego sino que se enchufan. Luego, sumergió en la leche un mendrugo de pan duro, seco, que flotaba en el líquido blanco como el corcho. Ni a tiros se reblandecía el maldito corrusco.

Desayunó solo, como tantas veces.

La noche

De pronto, justo a la hora de salir, recordó que no había hecho los deberes. Lo invadió una angustia insoportable. ¿Cómo había podido olvidarlos? ¿Cómo? ¿En qué había perdido las últimas horas de ayer, la tarde entera? No lograba recordar a qué se había dedicado en lugar de hacer los deberes. Le iba a caer una buena bronca de don Saturio. Posiblemente, incluso un bofetón; a don Saturio se le veía últimamente muy crispado y, con frecuencia, lo pagaban sus alumnos.

En fin, ahora ya la cosa no tenía remedio, pues carecía de tiempo. El tiempo es infinito antes de la noche, pero tiende a cero tras el amanecer. Con toda una noche por delante es posible afrontar cualquier tarea, por ardua que sea, por interminable que parezca. Si eres capaz, de algún modo, de permanecer despierto durante toda una noche, puedes hacer los deberes, puedes estudiar para cualquier examen, puedes encontrar la solución a cualquier problema. Puedes escribir un diccionario de jerga criminal, incluso, si sabes lo bastante del tema. En cambio, agotada la noche, en el momento en que el cielo empieza a clarear, ya no hay tiempo para nada. La noche consume las horas como consume las velas, y te deja exhausto, sin capacidad de reacción.

Se dio cuenta de que tenía que salir ya de casa si no quería que Matías, el portero del colegio, le cerrase la puerta trasera, la del cementerio, y tuviese que buscar la principal, la del matadero, y pasar por el despacho del director para llevarse una bronca.

Dio un mordisco al pan duro, se bebió el resto de la leche de un trago, se abrigó, cogió los libros y se los echó a la espalda, sujetos por una correa. Tenían mal aspecto sus libros, viejos, con las puntas arrugadas. Era lo que pasaba si no tenías cartera: que los libros envejecían rápido, como las personas sin hogar.

La niebla había espesado cuando salió a la calle y presentaba la consistencia de una buena bechamel.

Es curiosa, la niebla. Amortigua los sonidos próximos pero parece amplificar ecos lejanos. La niebla distorsiona las distancias y nos lleva a caminar de más para alcanzar nuestro destino. Nos obliga a tomar malas decisiones. Nos vuelve lentos y estúpidos. Los días de niebla hay que prestar atención a cuanto se agazapa entre ella y apretar los dientes para que el miedo no nos domine. Y eso es algo enormemente trabajoso, mucho más que caminar bajo un cielo limpio y protector.

Sin embargo, esa mañana ocurrió todo lo contrario.

Tras apenas alejarse un centenar de pasos, Germán perdió de vista su casa, que fue engullida por la niebla. Luego, en un tiempo brevísimo, adivinó ya, frente a sí, el perfil de la tapia del cementerio. En días como aquel, le servía de referencia para llegar al colegio porque las puertas traseras de ambos se hallaban frente a frente.

¿De qué idiota habría sido la estúpida idea de construir el colegio en aquel solar, justo entre el cementerio y el matadero? No era de extrañar que todos los alumnos sufriesen pesadillas. Y que ni uno solo de ellos hubiese llegado a la Universidad. Estudiar todo el bachillerato rodeado por la muerte a diestra y siniestra marca a cualquiera.

Germán giró a la izquierda y caminó paralelo a la tapia, separado apenas un par de metros de la pared. Enseguida, pasó ante la zona de los fusilamientos. Treinta metros de tapia acribillada a balazos; treinta metros donde, apenas unos meses atrás, al comienzo de la guerra, se ejecutaba cada noche a los traidores. Por descontado, nadie había reparado los impactos de los proyectiles sobre los ladrillos rojos; así servían de recordatorio y escarmiento.

Germán, como cada día, recorrió aquel trecho mirando al suelo.

Por fin, tras doblar la esquina, avanzó junto a la tapia sur, manteniendo la distancia, al encuentro de la entrada trasera del camposanto. Al llegar a ella, se hallaría frente a la puerta del colegio y ya solo tendría que cruzar la calle evitando ser arrollado por alguno de aquellos automovilistas que venían de la capital y cruzaban apuestas a ver quién se llevaba por delante a más peatones.

Al llegar ante la puerta del cementerio, Germán descubrió tras ella a los hermanos Castejón, los hijos del sepulturero. Se llamaban Hernán, Iván y Julián. Hernán, que era el mayor, se llamaba así por Hernán Cortés, aunque sus padres pensaban que Hernán Cortés era un boxeador cubano.

Los tres hermanos permanecían inmóviles, al otro lado de la verja, mirándolo a través de los barrotes de hierro, pálidos y ojerosos, como siempre. Los labios, morados, como si estuviesen próximos a morir de frío.

Germán los saludó con un gruñido amistoso.

–Hola, Goitia –dijo Iván, el mediano de los hermanos–. Lamentamos mucho lo de tu madre.

Germán se detuvo y volvió hacia él una mirada inquisitiva. Con el rostro suavizado por la niebla, Julián Castejón parecía algo menos feo de lo habitual.

–¿Qué dices de mi madre?

–Digo que mis hermanos y yo sentimos mucho que haya muerto.

Germán no se inmutó. Sabía que los hermanos Castejón no estaban demasiado bien de la cabeza. Siempre rodeados de cadáveres, en ocasiones veían muertos donde no los había.

–¿Qué demonios estás diciendo? Mi madre no ha muerto.

–¡Claro que sí! La hemos enterrado esta mañana. Mis hermanos y yo hemos cavado la tumba. Una tumba enorme. Yo odio cavar, pero hay que echarle una mano a mi padre que, últimamente, no da abasto. Cada día hay más muertos. Más trabajo por el mismo sueldo miserable. Cada muerto necesita una tumba, ya sabes: rico o pobre, todos tienen su agujero. Como tu madre.

–No era la madre de él, idiota –intervino entonces el hermano mayor, de súbito, como si cobrase vida repentinamente.

–Sí que lo era, mendrugo.

–Que no.

–Que sí.

–¡Basta ya! ¡Mi madre no está muerta! –gritó Germán–. Acabo de desayunar con ella, apenas hace unos minutos –mintió.

–¿Lo ves, inútil?

–¡Déjame! Sería la madre de otro, pues –replicó Julián, con total indiferencia–. La de Pallás. O la de Iturmendi. ¡Qué sé yo! Han muerto tantas madres que igual me confundo...

Eso era cierto. Había muerto en el pueblo tanta gente en los últimos meses que Germán encontró el error perfectamente disculpable.

–¿No venís al colegio? Ya es hora de entrar.

Hernán Castejón señaló con la mirada las tres vueltas de cadena, aseguradas mediante un enorme candado, que unían las dos hojas de la puerta de hierro.

–No, no podemos. Tenemos que ayudar a nuestro padre. Tenemos que permanecer de este lado de la tapia.

–Dentro de los límites del cementerio, ya sabes –aclaró Hernán.

–Además, mi padre ha perdido la llave de este candado y dar la vuelta para salir por la puerta grande es toda una caminata.

Germán miró a los tres hermanos. Eran raros, los Castejón, muy raros.

–Bueno..., pues yo sí voy a clase. Hasta luego.

–Agur –dijo el pequeño Julián. Y esa fue la única palabra que pronunció.

Ojos que gritan

Cuando Germán atravesó la puerta del colegio, el portero Matías había empezado ya a cerrarla. Por suerte, el portalón de madera maciza tenía tales dimensiones que la operación le llevaba un tiempo larguísimo y, gracias a ello, el chico echó a correr y logró pasar por la abertura en el último instante, como una carta por la boca de un buzón.

Se dirigió a su aula sabiendo que la clase ya estaría empezada y le iba a caer un buen rapapolvo de don Silvestre, el profesor de Ciencias Naturales. No fue así, sin embargo. Tres circunstancias lo dejaron perplejo al entrar en el aula sin llamar, como establecía la norma del colegio. La primera fue que don Silvestre no estaba de pie en el estrado. Eso resultaba insólito. Don Silvestre era extremadamente puntual. Hoy, sin embargo, no estaba allí. Ni de pie ante el estrado ni sentado tras su mesa ni en ninguna otra parte. No estaba.

La segunda circunstancia sorprendente fue que, pese a la ausencia del profesor, los alumnos guardaban silencio y permanecían tranquilamente sentados en sus pupitres dobles.

El tercer detalle, quizá el que más sorprendió a Germán, fue que, de sus treinta y siete compañeros de curso, solo había dieciséis. Y ninguno de ellos se volvió a mirarle cuando abrió la puerta de la clase.

Todos ellos estaban sentados, inmóviles, callados.

Germán avanzó con pasos cautelosos hacia su pupitre, uno de los cuatro situados junto a las ventanas. Se hallaba vacío porque Pepín Artal, su compañero, era uno de los ausentes. Antes aún de ocupar su asiento, Germán alzó la tapa del cajón y metió en él los libros y el plumier de madera. Solo entonces se sentó y lanzó una mirada de reojo hacia los demás. Al hacerlo, sintió que se le erizaba el espinazo.

El más cercano era Martín Esquiroz, que se sentaba en el pupitre de delante, en el lado del pasillo. Esquiroz permanecía inmóvil, de perfil, con la piel de un color ceniciento que no presagiaba nada bueno. Pero lo más escalofriante era aquel objeto extraño, de apariencia metálica, que sobresalía de la parte trasera de su cuello y también del cuello de todos los demás. Como el extremo de un enorme clavo de cabeza redonda.

En un gesto reflejo, Germán se llevó la mano derecha a la nuca. Le sorprendió que sus dedos no tropezasen con algo parecido.

–Oye, ¿qué es eso que todos lleváis ahí? –le susurró Germán a Martín; y ante la falta de respuesta de este, insistió–. Lo del cuello. ¿Qué es? Me refiero a eso que os sale por detrás, como, como...

Entonces Martín se volvió hacia él. Y al contemplar su rostro, sintió Germán que todo el aire que contenían sus pulmones escapaba de golpe, provocándole un mareo. Solo tras unos segundos de horror, logró aspirar una nueva bocanada que utilizó para lanzar un grito corto mientras retrocedía trastabillando hasta golpearse de espaldas con la ventana.

Donde Esquiroz debía tener los ojos, ahora solo mostraba dos cavidades que parecían destilar hacia las mejillas sangre oscura y espesa.

Con el grito de Germán, el resto de los alumnos se volvieron hacia él. Todos ellos habían perdido los ojos. Sus cuencas vacías eran como pequeñas bocas gritando en silencio.

Entonces, Germán despertó de nuevo.

DOS

De todos es bien sabido que un verdadero asesino no necesita motivos; tan solo víctimas.

Germán Goitia abrió los ojos en una sala de paredes blancas. Respiraba agitadamente, tumbado sobre un catre. Se incorporó trabajosamente mientras trataba de concluir si la mancha del techo, la niebla, los hijos del sepulturero y las cuencas vacías de los ojos de sus compañeros de colegio constituían un sueño o un recuerdo.

«Demasiado vívido para ser un sueño –pensó–. Las pesadillas se desdibujan en la memoria de inmediato. Apenas despiertas, lo soñado se desmenuza, se hace añicos y ya no puedes volver a componer con ello una escena coherente. Esto no ha sido un sueño. Tiene que tratarse de un recuerdo, por tanto. Un recuerdo lejano, de cuando era un niño. Pero ya no lo soy. No soy un niño».

Se miró las manos; manos de viejo. Antebrazos de viejo.

¿Por qué vestía un pijama grueso, de aquel color tan extraño, ni gris ni verde ni marrón?

La sala estaba vacía, salvo por el catre, de jergón metálico encarcelado en la pared. Carecía de ventanas y tan solo una puerta metálica, como la de una celda, interrumpía la continuidad de los cuatro tabiques enfoscados de cal.

Oyó sonido de cerrojos y la puerta se abrió, con un lamento de bisagras.

Entró ella. La reconoció. Sus labios, tan rojos; sus ojos, tan grandes; y aquel busto inverosímil, desafiando siempre la ley de la gravedad. Sabía que se llamaba Dolores.

–Tiene visita, Germán –dijo la mujer.

No era una pregunta, así que no esperó respuesta. Dolores salió y entraron al momento dos sujetos. Uno era alto y delgado. El otro, no. El otro era un tipo normal, ni alto ni bajo, ni delgado ni grueso. Germán giró lentamente sobre su trasero hasta quedar sentado en el borde del catre y con los pies, descalzos, apoyados en el suelo de terrazo. Frío.

El más alto de los dos hombres avanzó hacia él, mientras su compañero, el hombre normal, permanecía en segundo plano.

–Soy el inspector Arcusa, Manuel Arcusa. Y él es el inspector Ramón de la Calva.

–¿Inspectores? ¿Inspectores de qué? ¿De la compañía del gas?

Arcusa sonrió.

–Esa es una buena broma. Mejor que la del Dúo Dinámico, que es la que todo el mundo nos hace. Somos inspectores de policía, señor Goitia. Seguro que usted ya se había dado cuenta.

Pues claro. Los recién llegados vestían como visten los inspectores de policía cuando visten de paisano, así que

Germán ya había deducido que eran inspectores de policía vestidos de paisano.

–Usted también lo fue, hace años –dijo el poli más bajo–. ¿Lo recuerda?

–Claro que lo recuerdo –respondió Germán, adoptando un aire ofendido mientras trataba de encontrar en su memoria, sin éxito, algún indicio de que semejante cosa pudiera haber sido cierta–. ¿Qué es lo que quieren de mí, compañeros? No habrán venido a arrestarme, ¿verdad?

No había una sola silla en la habitación, así que el policía alto se acuclilló frente a Germán para poder mirarle directamente a los ojos.

–Me dejaré de rodeos, señor Goitia: el Matarife ha vuelto.

Germán Goitia se sacudió en un breve escalofrío al oír aquello. Cerró los ojos y contó hasta veinte. En esos veinte segundos, una avalancha de imágenes antiguas y nada agradables cayeron en cascada sobre los pliegues de su cerebro. Seguía sin recordar quién era y quién había sido, pero sí recordaba quién era el Matarife. Y eso arrastró consigo, poco a poco, todo lo demás.

–No es posible –musitó después de la pausa–. ¿Se refiere al Matarife que...? No, no, no. Es imposible. Imposible.

–Lo sabemos –admitió el inspector De la Calva, que permanecía en pie en el centro de la sala–. Sabemos que no puede tratarse del mismo sujeto. Han pasado más de cincuenta años y, suponiendo que aún viviera, el Matarife sería un hombre muy anciano. Hay casos de criminales longevos, desde luego, pero lo más probable es que nos hallemos ante un imitador. Un imitador muy bueno, que utiliza los mismos métodos que aquel asesino, hasta un punto que nos tiene desconcertados. Usted fue el policía que logró identificar y capturar al Matarife en mil novecientos sesenta y cuatro. Quizá pueda ayudarnos ahora a detener al suplantador.

Germán bajó la vista. Negó con un movimiento leve de la cabeza.

–No creo que pueda serles de ayuda, inspectores. ¿Saben cuántos años tengo?

–Según su ficha personal, nació usted en mil novecientos veintiséis. Noventa años, por tanto.

Germán se miró las manos, de nuevo. Primero, por las palmas y, luego, por el dorso. Tenía las uñas largas y sucias. Y, desde luego, eran las manos de un anciano. Temblorosas y ajadas; salpicadas de manchas cutáneas.

–En realidad, no cumplo los noventa hasta septiembre, de modo que soy todavía un joven octogenario. Pero incluso a esta temprana edad, la maldita cabeza te empieza a jugar malas pasadas. No es fácil de entender hasta que te ocurre. Incluso hay gente a la que le ocurre y no lo entiende. Pero yo sí. Yo sé que algo no funciona bien aquí dentro –admitió Germán, tocándose repetidamente la frente–. Sin ir más lejos, hace un momento soñaba que era niño y que acudía al colegio. Uno de esos malditos sueños de los que resulta difícil despertar. De hecho, ahora mismo podría ser que aún siguiera soñando. En ocasiones, no logro distinguir si estoy viviendo, si estoy soñando, si estoy inventando lo que vivo o viviendo lo que invento o inventando lo que sueño. Ustedes dos podrían no ser sino fruto de mis desvaríos. Resulta desconcertante..., y aterrador, se lo aseguro.

–Le garantizo que el inspector De la Calva y yo somos de verdad –dijo Arcusa, tratando de adoptar un tono de convicción.

–Eso es justo lo que diría su personaje ahora si yo lo hubiese inventado –replicó Germán.

Los dos policías se miraron de reojo.

–Nos hacemos cargo de sus limitaciones, Germán –admitió De la Calva–, pero lo necesitamos. Tendrá que hacer un esfuerzo.

Goitia se rascó la nuca largamente antes de volver a hablar.

–Y ¿por qué no consultan el expediente del caso? –les propuso–. Los expedientes policiales suelen tener mejor memoria que las personas de mi edad.

Arcusa se incorporó. Ya no aguantaba más en cuclillas y, al ponerse en pie, le crujieron escandalosamente las rodillas. Y solo aparentaba cuarenta y cuatro años.

–Por desgracia, del expediente del Matarife no queda gran cosa por culpa del incendio de los archivos de la Dirección General de Seguridad de mil novecientos setenta y dos. En aquellos tiempos no había ordenadores. Todo se guardaba en papel. Los originales quedaron destruidos y la copia que quedó en los archivos del ministerio es prácticamente ilegible. Por lo visto, la DGS andaba escasa de fondos y apuraban el papel carbón hasta que ya casi no servía. El paso del tiempo ha convertido las palabras en una mera sombra gris sobre papel amarillento.

–Hemos tenido que recurrir a recuperar la información aparecida en los periódicos de la época –continuó De la Calva–, siempre incompleta. Más aún, la de aquellos años en que el gobierno todo lo filtraba. Había un ministerio que decidía lo que los españoles podían conocer y lo que no a través de los medios de comunicación.

–Lo recuerdo –admitió Germán–. Ministerio de Información y Turismo, se llamaba. Una rara mezcla de competencias.

–También hemos encontrado algunos datos en los documentos relativos al juicio que se celebró al año siguiente y en el que se condenó a muerte al Matarife. Pero son confusos. Confiábamos en que usted nos podría aportar información de primera mano.

–Lo necesitamos, Germán –concluyó Arcusa–. El Matarife acabó en el sesenta y cuatro con la vida de nueve adolescentes.

–De diez.

–¿Ah, sí? Bueno..., sea como sea, no podemos consentir que semejante cosa se repita. Hemos de atrapar a ese imitador lo antes posible. No podemos quedarnos de brazos cruzados esperando que las pistas de cada nuevo crimen nos permitan avanzar en la investigación. Necesitamos recortar la distancia que nos lleva el asesino o lo más probable es que, dentro de unas semanas, tengamos la morgue llena de cadáveres de adolescentes con un punzón de matarife metido entre la tercera y la cuarta vértebras.

Germán alzó lentamente las cejas.

–Tan preciso, ¿eh?

–En efecto. Era así como actuaba el Matarife original, ¿verdad?

Goitia asintió de nuevo, muy lentamente.

–Exactamente así: entre la tercera vértebra y la cuarta. Como hacían los buenos matarifes de mi pueblo para sacrificar a los terneros. De un único martillazo les hundían un clavo triangular, grande y afilado, justo en ese punto. Si lo hacían correctamente, el animal caía muerto al instante. Seco. Pero los más torpes o inexpertos a veces fallaban el golpe y, entonces..., la cosa se complicaba de un modo muy desagradable.

De repente, el discurso de Germán se interrumpió y sus ojos perdieron momentáneamente su brillo.

–¿A qué se refiere con eso, Germán? –le preguntó Arcusa.

El anciano respiró lentamente dos veces antes de seguir.

–Estaba recordando... A los veteranos del matadero les encantaba gastar novatadas a los recién llegados y podían llegar a vivirse escenas dantescas entre las carcajadas de los matarifes. En cierta ocasión, encargaron a un recién llegado sacrificar a un buey enorme, pero manipularon el cajón de muerte dejándole cierta holgura al bicho, de modo que podía removerse y resultaba mucho más difícil acertar a darle la puntilla. Como era de esperar, el novato falló. El buey herido logró romper el cajón y escapar. Recorrió enloquecido el interior del matadero hasta dar con la salida, cruzó la calle e irrumpió en el edificio de las escuelas, que se encontraba justo enfrente.

–Y ¿qué pasó?

–¿Qué pasó? ¡Que lo arrasó por completo, eso pasó! Aunque por verdadero milagro no causó víctimas, a la mayoría de los alumnos la imagen de aquel maldito animal entrando sin llamar en las aulas, derribando las puertas y tirando cornadas a diestro y siniestro mientras sangraba a chorros por el cuello berreando su agonía les causó tal impresión que jamás lo borraron de su memoria. Lo sé por experiencia.

Ramón de la Calva había sacado una libretita del bolsillo y tomaba algunas notas rápidas. De pronto, se detuvo. Se le había secado la boca.

–Cuenta usted esa anécdota como si la hubiera vivido –comentó con toda intención–. ¿Era usted uno de aquellos niños?

–Lo era. Tenía siete años cuando ocurrió. Y el matarife al que gastaron la novatada..., era mi madre.

–¿Su madre? –exclamaron los dos policías, al unísono.

–¿Su madre era matarife? –insistió Arcusa–. Supongo que era un oficio muy poco habitual entre las mujeres.

–Así es. Pero a ella le venía de familia. Mi abuelo Luis le enseñó el oficio, por si un día le hacía falta. Y claro que le hizo falta cuando su marido, mi padre, se fue a por tabaco un día y ya no volvió jamás. Desde entonces, ella me sacó adelante trabajando en el matadero. Cobraba un buen sueldo, esa es la verdad.

–Y ¿cómo acabó el incidente del buey? –quiso saber De la Calva.

Alzó Germán al cielo una sonrisa. Luego, se levantó y caminó vacilante por la sala, gesticulando mientras terminaba de contar la historia.

–Tras atravesar de parte a parte el colegio, salió por la puerta trasera y entró en el cementerio, que estaba al otro lado de la calle. El animal iba dejando un reguero de sangre ciertamente importante, así que, tras destrozar varias sepulturas, comenzaron a fallarle las fuerzas y acabó cayendo en una fosa preparada para acoger el ataúd de don Nicasio Echegoyen, uno de los ricos del pueblo, cuyo funeral debía celebrarse por la tarde. Allí lo remató de dos tiros el cabo de puesto de la Guardia Civil. ¡Pam, pam! Ulpiano, se llamaba.

–¿El buey?

–No, el cabo. El nombre del buey era Pampero.

Arcusa y De la Calva se miraron de nuevo entre sí, un tanto perplejos, hasta que se percataron de que Goitia, a su vez, los miraba alternativamente, con el ceño fruncido. Se había quedado serio.

–¿A cuántos ha matado hasta ahora? –preguntó Germán de repente.

–De momento, a tres –respondió Manuel Arcusa–. A razón de uno por semana. Dos chicos y una chica. Los tres de catorce años. Los tres muertos de igual manera: con un clavo de matarife en la nuca.

–Y..., ¿eso es todo?

–¿Le parece poco? –preguntó Arcusa. Pero, de inmediato, intervino su compañero.

–No, no es todo. Además, les saca los ojos.

–¡Caray! ¡Es perfecto! –exclamó el anciano, tras una pausa corta.

–Y, al parecer, se los lleva consigo. Las tres víctimas tenían las cuencas vacías, pero no hemos encontrado por ningún sitio los globos oculares.

Goitia se sentó de nuevo en el catre y se mesó los escasos cabellos.

–Eso es, sí señor: se lleva los ojos de los chicos. Igual que el verdadero Matarife. Qué interesante...

Tras eso, sobrevino un largo silencio, más de un minuto, que acabó rompiendo el inspector De la Calva, que se había plantado en el centro de la sala con las piernas abiertas y las manos en los bolsillos del pantalón.

–¿Nos va a echar una mano o no, señor Goitia?

Germán extendió los brazos e inclinó la cabeza, hasta casi parecer un cristo románico.

–Desde luego que sí, inspectores. ¿Cómo puedo hacerlo?

–De momento, cuéntenos todo lo que recuerde del caso del sesenta y cuatro.

–Uf..., no será fácil. Hace de eso medio siglo.

–Inténtelo, señor Goitia. ¿Cómo empezó? Su primer contacto con el asunto del Matarife. Desde el principio. Haga un esfuerzo, por favor...

TRES

Todas las víctimas se parecen; los criminales lo son cada uno a su manera.

En mil novecientos sesenta y cuatro, Zaragoza era una ciudad tranquila. Siempre ha sido la más segura de las capitales españolas de su tamaño. Indalecio Rocamora, jefe superior de policía, se sentía orgulloso de la baja tasa de delincuencia dentro de su jurisdicción.

Sin embargo, aquella tarde de noviembre, la del día nueve, resultó ser la del comienzo del fin de su buena reputación. Llegó con una llamada de teléfono a la comisaría de Centro, la de la calle Ponzano, a la que respondió de mala gana el inspector jefe Manuel Felices, que tuvo para ello que dejar de leer la sección de deportes del *Heraldo de Aragón*.

A Felices le bastaron veinte segundos para darse cuenta de la gravedad de los hechos. Hizo las preguntas precisas, tomó cuatro notas apresuradas y, para cuando colgó el auricular, ya se le habían tensado los pómulos, un gesto característico. Se puso en pie y se dirigió al perchero, dispuesto a recoger su sombrero y su gabardina. Por el camino, buscó con la mirada al inspector Navarro.

–Acompáñame, Carlos. Al parecer, tenemos un fiambre en el parque del Cabezo. Bueno, dos.

Carlos Navarro chasqueó la lengua.

–Hombre, Manolo, macho, no me hagas esto, que me quedan menos de veinte minutos para marcharme y tengo entradas para llevar a mi señora al teatro Argensola.

–¡Atiza! ¿Desde cuándo te gusta el teatro?

–No me gusta, pero a Inés sí. Y de vez en cuando hay que hacer algo para intentar mejorar la cosa conyugal. Tú ya me entiendes.

–Ya, ya... Y ¿qué echan en el Argensola? ¿Esa de Alejandro Casona...?

–Sí: *Los árboles mueren de pie.* Una mierda de título, ya lo sé, pero actúan Luis prendes y Milagros Leal. Y, lo más difícil, hemos convencido a mi suegra para que se quede con los niños.

–Pasmoso.

–Anda, llévate al Mudo, que acaba de llegar y tiene todo su turno por delante.

–Yo podía ser el Mudo pero, desde luego, no era sordo, así que en cuanto oí mencionar mi apodo, dejé de aporrear la Hispano Olivetti en la que redactaba un informe sobre la redada, la noche anterior, en un burdel de la calle del Caballo y miré inquisitivamente al inspector jefe.

–¿Inquisitivamente? –preguntó Arcusa–. ¿Cómo se hace para mirar inquisitivamente.

Goitia frunció el ceño y entrecerró los ojos.

–Así.

–¡Vaya! De modo que era eso. Y yo toda la vida intentándolo sin conseguirlo. Siga, Germán, siga usted contando.

–Al parecer, tenemos un doble crimen –me resumió Felices–. ¿Te apetece acompañarme?

–Como tirarme al Ebro de punta cabeza –le respondí–, pero supongo que es lo que hay y va con el sueldo.

–Yo mismo no lo habría explicado mejor. Vámonos.

Salimos del edificio y subimos a uno de los nuevos coches patrulla, un Seat Milquinientos gris, nuevecito. Pusimos la sirena a todo trapo durante el trayecto. Desde Ponzano, salimos por Marqués de Casa Jiménez al paseo de la Independencia, cruzamos la plaza de Aragón y la de Paraíso, enfilamos la avenida de Calvo Sotelo y, por fin, el paseo de Fernando el Católico hasta llegar a la altura de la Feria de Muestras, donde giramos a la izquierda para internarnos en el parque grande o del Cabezo, del que pocos zaragozanos sabían que se llamaba oficialmente *de Primo de Rivera*. Y muchos menos aún conocían el dato de que ese Primo de Rivera no era José Antonio, el fundador de la Falange, sino su padre, don Miguel, general golpista y dictador, bajo cuyo mandato se inauguró el puente sobre el río Huerva que lo conectó con la ciudad.

–Pero usted sí lo sabía, por lo que veo –dijo Arcusa.

–Yo sí. Y sin ser zaragozano, lo que tiene más mérito. Pero siempre he sido un tipo curioso. Me interesan muchas cosas. ¿Puedo seguir o me va a interrumpir cada minuto?

–Siga, hombre, siga, aunque..., quizá necesitaríamos que sea un poco menos prolijo en las descripciones. No sé si me explico.

–Ya. Directo al grano, ¿no?
–Ajá.
–Lo voy a intentar.
–Y yo se lo agradezco.

Al llegar, aparcamos el Seat en el paseo de los Bearneses, junto a los ciclomotores Guzzi de los dos policías municipales que habían acudido antes que nadie al escenario de los hechos y una furgoneta Auto Unión de la Policía Armada, pintada del inevitable color gris. Una *tocinera,* que decían los jóvenes de entonces.

Felices y yo nos adentramos a pie en la zona ajardinada. Hacía un frío húmedo que arañaba la piel y te comía los huesos.

Fue entre unos setos y parterres de estética afrancesada, muy poco transitados, no demasiado lejos de un bar con veladores de nombre La Rosaleda, donde un hombre que cultivaba una de las huertas aledañas al cercano Canal Imperial había hallado los dos cuerpos entrelazados cuando cruzaba el parque fuera de los senderos habituales para los paseantes.

La chica era rubia y el chico moreno. Ambos eran guapos. Lo habían sido en vida, al menos. Eso podía apreciarse a pesar de tener vacías las cuencas de los ojos.

La Policía Armada había establecido un perímetro de seguridad que atravesamos con gesto serio. Allí, durante unos minutos, contemplamos en silencio el escenario del doble crimen.

–Saca fotos de todo mientras llega el juez –me ordenó Felices–. En la guantera del coche hay una cámara con *flash.*

–¿Eso no tienen que hacerlo los de la judicial?

–Haz lo que te digo, Goitia. Y no me lleves la contraria delante de los grises.

Dos adolescentes, un chico y una chica. Estaban muertos, abrazados y semidesnudos. El asesino los había despojado de la ropa de cintura para arriba, tras cortar todas las prendas a lo largo de la espalda, seguramente con ayuda de unas tijeras de gran tamaño.

Algo llamó de inmediato la atención del inspector jefe Felices., aunque habría llamado la atención de cualquiera que no fuera ciego.

–¿Qué demonios es eso que llevan clavado en el cuello?

Yo acababa de regresar del auto. Me acerqué a la distancia mínima de enfoque y disparé la cámara. Por un instante, el destello del *flash* detuvo el girar del mundo y dio un toque espectral a la escena. Luego, me aproximé al cuerpo de la chica y me arrodillé junto a ella para poder mirarla muy de cerca. Le propiné al objeto unos golpecitos con la uña para asegurarme de que era metálico.

–No estoy completamente seguro, jefe, pero..., yo diría que es un maldito punzón de matarife.

Mis palabras provocaron en Felices cinco segundos de asombrado silencio.

–Y ¿eso qué es?

–Se usan para sacrificar reses en los mataderos. O se usaban antiguamente, no sé. Se descabella al animal metiéndole uno de esos clavos entre las primeras vértebras de la columna, con un golpe de maza.

Felices se quitó el sombrero con la mano izquierda para pasarse la derecha por la incipiente calva, de delante atrás. Pese al frío, sudaba.

–Llevo veintidós años como policía y es la primera vez que me encuentro con algo semejante –reconoció–. Así que..., tenemos a un sádico que les saca los ojos a sus víctimas y utiliza una especie de clavo grande como arma homicida. Para mí, lo nunca visto.

–Eso es bueno, ¿no cree? –comenté.

–¿Por qué?

–Que el asesino utilice un método tan especial lo hace más fácil de identificar. Ya sabemos algo de él: que es o ha sido matarife. Matar de este modo no se le ocurre a alguien que no conozca ese oficio. Vamos, creo yo.

–Ajá. Y tú..., ¿cómo demonios sabes tanto de esto? ¿Acaso has sido matarife?

–Mi madre lo era allá, en mi pueblo.

–¿Tu madre, dices? Tu madre, no tu padre.

–Mi madre, sí.

–Un oficio raro para una madre. A la mía la recuerdo zurciendo calcetines con un huevo de piedra. Hay que ver... Supongo que eso solo pasa en las Vascongadas. Lo de tener una madre matarife, digo. Porque tú eres vasco, ¿verdad, Goitia?

–Así es, jefe. Aunque me marché de allí a los doce años y jamás he vuelto.

–Mejor para ti. Aquella es tierra de terroristas.

–Hombre, jefe, no será para tanto...

–¡Lo que yo te diga, hombre! –cortó Felices–. Todo el mundo sabe que, allí, hasta las viejas van a la compra con metralleta.

Apreté los dientes y me mordí la lengua para no replicar a tamaña insensatez. El inspector jefe dio un par de vueltas en torno a los cadáveres. Luego, se dirigió al sargento de los grises.

–¿Están identificadas las víctimas?

–No, no, señor. No llevaban ninguna documentación encima. Seguramente se la quedó el asesino.

–Ya. Bueno, es igual. Pronto sabremos quiénes eran. Esta noche, dos familias echarán de menos a sus hijos y acudirán a la comisaría más cercana para denunciar su desaparición. Que sus hombres peinen los alrededores, a ver si encuentran los ojos. Que vayan con cuidado, no los vayan a pisar.

–A sus órdenes.

Además de aquellos dos muchachos, también había muerto el día. Los policías continuaban con su trabajo a la luz de las linternas.

Mientras esperábamos al juez de guardia, el jefe Felices optó por pensar en voz alta.

–¿Cómo demonios lo consiguió?

–¿El qué? –pregunté.

–Matar a los dos chicos sin que se defendieran. ¿Cómo logró que, mientras mataba al primero, el otro no huyera o intentase atacarle?

–¿Cómo sabe que no lo hizo?

–Caray, Goitia, pareces tonto: porque no hay signos de pelea. No hay heridas defensivas en las manos ni en los antebrazos. La chica lleva las uñas largas y bien pintadas. Y están intactas...

–No sé. Quizá..., fueran varios los asesinos, actuaran de modo coordinado y los chicos no tuvieran ocasión siquiera de defenderse.

Felices quedó un momento pensativo, pero, enseguida, negó.

–No. Esto es obra de un desequilibrado. Uno solo. Un gachó que mata chavales y les saca los ojos...

–O quizá al revés: tal vez, primero les sacó los ojos.

Noté cómo Felices sacudía los hombros, conteniendo un escalofrío, al imaginar esa posibilidad.

–Sí, claro, es posible –dijo luego–. Pero eso ya lo dirá el forense. Sea como sea, un desalmado. Los americanos dicen un *psicópata*. Y los psicópatas van de uno en uno. Es difícil que encuentren a alguien tan loco como ellos y, mucho más, que se pongan de acuerdo para matar por parejas. ¡Eso solo pasa en la Guardia Civil! ¡Ja, ja, ja...! Es broma. ¡Ejem...! Ya te digo que solo hay uno. Solo uno, lo sé. Y ojalá haya tenido un buen motivo para cometer este crimen. No hay asesino más difícil de cazar que el que mata porque sí.

Peri mortem

El juez de guardia, Mateo Zanini, y el forense Ángel Cortés llegaron al escenario del crimen a bordo del mismo coche –un Citroën *pato maldito* negro– apenas diez minutos más tarde.

No podían ser más diferentes. Zanini era pequeño, viejo, algo cheposo, con cara de sapo. Cortés era muy alto, aún joven y tan delgado que la calavera se le dibujaba a través de la piel del rostro como en una radiografía. Nueve de cada diez personas encuestadas habrían acertado su oficio sin darles pista alguna.

Cuando el médico hubo concluido su tarea, el magistrado ordenó el levantamiento de los cadáveres y dictaminó el secreto del sumario. Felices se acercó a Cortés mientras este tomaba notas en un bloc.

–¿Qué tenemos, doctor? –le preguntó.

–Le haré llegar un minucioso informe tras realizar la autopsia. Como siempre.

–No se ponga a la defensiva, demonios. Solo le pido sus primeras impresiones.

Cortés suspiró. Sabía que Felices era el responsable del apodo por el que todos lo conocían en el cuerpo: el Ángel de la Muerte. Se lo adjudicó el mismo día en que se conocieron.

El forense le respondió sin dejar de escribir.

–Llevan muertos menos de dos horas. Sobre la causa del fallecimiento..., hombre, yo diría que esos grandes clavos que les asoman por la nuca han tenido algo que ver.

–Y ¿lo de los ojos fue antes o después?

Cortés arrugó el gesto.

–*Peri mortem.* O sea, casi a la vez. Pero ahora no puedo dictaminar si poco antes o poco después. ¿Lo cree importante, inspector?

–Nunca se sabe.

–Si aparecen los globos oculares, seguramente se lo podré precisar. En caso contrario, será más difícil.

Una furgoneta DKW de la Hermandad de la Sangre de Cristo se encargó del traslado de los cuerpos al Instituto Anatómico Forense Bastero Lerga, situado en una dependencia anexa a la facultad de Medicina.

Cuando el Citroën oficial inició el regreso al juzgado de guardia, Felices y yo nos acercamos al sargento de la Policía Armada.

–¿Hay algo?

–Nada por ahora –nos respondió el de uniforme–. Tan solo hemos encontrado la impresión de una huella de zapato en el barro. Podría ser del asesino, aunque no es seguro. La hemos medido y uno de mis hombres, que trabajó de aprendiz en la zapatería Segarra, piensa que puede tratarse de un cuarenta y uno o cuarenta y dos. Zapato de caballero de punta estrecha.

–¿Como estos? –pregunté, alzando el pie derecho.

–Sí, como esos. De lo más corriente.

–Y ¿qué hay de los ojos de las víctimas? –preguntó Felices.

–Por ahora, nada, jefe. Ni rastro. ¿Saben ustedes si los globos oculares flotan en el agua?

–Ni idea. ¿Por qué lo dice?

–Porque si flotan y el asesino los ha tirado a aquella acequia, ahora pueden estar muy lejos de aquí, arrastrados por la corriente.

–Yo creo que se los ha llevado consigo –vaticiné–. Como una especie de trofeo.

En ese instante se nos acercó uno de los policías. Sostenía un objeto entre las manos.

–Hemos encontrado esto, sargento –dijo–. Allí, junto a la acequia. No sé si tendrá que ver con el crimen o ya estaría allí de antes.

–¿Qué es?

El guardia nos lo mostró. Se trataba de los restos de una muñeca de porcelana. Felices sacó su pañuelo y los cogió con delicadeza.

–Yo diría que sí tiene que ver con nuestro asesinato.

–¿Por qué?

–Mirad: tiene los ojos rotos.

La examinó lentamente, moviéndola siempre con mucho cuidado, hasta descubrir una anilla de metal en el centro de la espalda. Tiró de la anilla y extrajo del cuerpo de la muñeca un palmo de sirga metálica, muy fina. Cuando la soltó, el cable se fue recogiendo lentamente mientras un mecanismo interior emitía un sonido muy similar al llanto de un bebé.

Un mal trago

Mientras Germán Goitia regresaba a la comisaría para redactar el primer informe del caso, Felices se dirigió a su casa, en un edificio de reciente construcción de la calle Mayor, cerca de la iglesia de la Magdalena. Allí vivía con su hija Lola, que estudiaba el curso preuniversitario en el Instituto femenino Miguel Servet.

–¿Qué tal ha ido el día, cariño? –preguntó el policía, dando dos besos a su hija.

–Bien, papá..., aunque el instituto está en las últimas. Espero que no se derrumbe cualquier día con nosotras dentro. Además, hace un frío que pela.

–El próximo curso se inaugurará por fin el nuevo edificio, al final del paseo de Ruiseñores.

–Lástima: por tan solo un año no podré disfrutarlo. Al curso que viene espero estar ya en la Universidad.

El padre sonrió.

–No tengo que decirte que estoy muy orgulloso de ti, hija.

–No tienes que decirlo, pero me gusta que lo digas. Y a ti, ¿qué tal te ha ido el día?

–Eeeh..., normal.

–¿Has atrapado a todos los malos?

–A casi todos.

–Así me gusta. ¿Quieres cenar? He hecho sopa de pistones y puedo hacer también una tortilla francesa.

–Sí, estupendo.

Mientras Lola trasteaba en la cocina, Felices no pudo evitar pensar en la fortuna de no ser el padre de los chicos hallados en el parque grande. Seguramente, tenían la misma edad de su hija y solo de pensar que ella pudiera haber sido una de las víctimas se le licuaba el alma.

Durante la cena, Lola habló mucho, mientras su padre sonreía sin ganas y comía sin apetito.

Luego, tras escuchar un rato la radio, decidieron acostarse.

Felices estaba inusualmente intranquilo. Tanto que decidió dormir con su pistola reglamentaria al alcance de la mano, cosa que jamás hacía. Al contrario que la mayoría de sus compañeros, prefería las pistolas a los revólveres. Más precisas, más cómodas, más fáciles de recargar. Eso de que se encasquillaban con facilidad era un mito. A él nunca le había ocurrido. El secreto era utilizar una buena arma, cuidarla y usar munición de calidad. La suya era una Beretta Brigadier, un modelo nada habitual en España, pero de un calibre muy corriente, el nueve Parabellum. La había comprado unos años atrás, en un viaje a

Egipto. El último que hizo con Adela, su mujer, antes de que ella muriese.

Metió el arma bajo la almohada y apagó la luz.

Como sospechaba, no consiguió dormirse y comenzó a dar vueltas en la cama. Intentó pensar en algo grato, pero lo único que veía eran aquellos dos punzones de matarife sobresaliendo de la nuca de los chicos muertos.

Tras quince minutos en los que convirtió la ropa de cama en un revoltijo, tenía tan seca la boca que decidió levantarse a beber agua. Fue a la cocina, tomó un vaso y lo llenó hasta el borde en el grifo de la fregadera. Bebió conteniendo la respiración y, aunque le faltaba el aire, lo apuró de un trago hasta la última gota. Al terminar, aspiró una bocanada agónica, seguida de otras menores, mientras se frotaba el cuero cabelludo con ambas manos.

El sudor se le había enfriado sobre la piel y experimentó un escalofrío.

Al salir al pasillo de regreso a su dormitorio, vio luz en el cuarto de Lola y la puerta entornada. Le extrañó, se acercó y la abrió dos palmos.

–¿Lola...?

La cama de su hija estaba deshecha y vacía. Supuso que habría ido al cuarto de baño, pero no tardó ni un segundo en comprobar que la luz del aseo estaba apagada. Un gusanito de incertidumbre comenzó a deslizarse por sus entrañas.

Entonces, de reojo, le pareció ver una sombra moviéndose en su propio dormitorio. No recordaba haber encendido la luz al salir y, sin embargo, ahora sí lo estaba.

–¿Lola? ¿Estás ahí?

Con pasos lentos, se fue acercando al cuarto.

De pronto, una idea inquietante se le echó encima, como una ola enorme que lo hizo vacilar: había dejado la pistola debajo de la almohada y por eso, cuando abrió la puerta, fue el primer sitio al que dirigió la mirada. Sin embargo, otra figura ocupó por completo su campo de visión: la de su hija, arrodillada sobre el barullo de sábanas, con la Beretta en las manos. El arma se veía enorme entre aquellas manos tan pequeñas.

–¿Qué haces, Lola? ¡Suelta la pistola ahora mismo!

–Lo siento, papa... –gimió ella, con las cejas tristes.

En un movimiento reflejo, estuvo a punto de abalanzarse sobre su hija, pero, al mirarla a la cara, descubrió que no tenía ojos y que de cada una de las cuencas vacías manaba un pequeño arroyo de sangre negra.

Aquello lo paralizó.

–No puedo vivir sin ojos, papá... No quiero ser una ciega el resto de mi vida. Lo siento, lo siento...

Comenzó a sonar el teléfono.

Lola alzó el arma hasta apoyar el extremo del cañón en el centro de su pecho y apretó el gatillo. El estampido del disparo se confundió con el grito desgarrado de su padre, que cayó al suelo como fulminado por un rayo.

El teléfono seguía sonando.

Después de cuatro timbrazos, Manuel Felices abrió los ojos en medio de la oscuridad. Estaba sobre su cama, sudando como un galeote. Braceó desesperadamente bajo la almohada hasta encontrar la Beretta.

–Gracias a Dios... –susurró–. Gracias a Dios que todo ha sido un sueño.

Desde luego, la pesadilla más terrible y real que recordaba haber tenido nunca.

Intentó bajar de la cama, pero se enredó en el barullo de sábanas y acabó cayendo de bruces al suelo. Pataleó hasta liberarse. Se puso en pie y corrió al cuarto de estar. Cuando lo descolgó, el timbre del teléfono sonaba por décima vez.

–¡Diga!

–Jefe, soy Germán Goitia. Estaba a punto de colgar. Disculpe que le llame a estas horas. He pensado que querría estar informado antes que nadie de las últimas novedades.

Felices se frotó enérgicamente la cara con la mano libre.

–Sí, sí, bien..., aún estaba despierto. ¿Qué demonios pasa?

–Le llamo desde el anatómico forense. Ya sabemos quiénes son los chicos de esta tarde. Como esperábamos, los parientes de la muchacha han acudido hace un par de horas a denunciar su desaparición. La descripción coincidía, así que los trajimos aquí para que identificasen el cuerpo. Ha sido tremendo, ya se lo puede usted imaginar. Como un dramón de Sautier Casaseca.

–Claro, claro... Y qué, ¿era ella?

–Sí, sí, era ella. Se llama..., se llamaba Encarnación Calamonte Rivas. Dieciocho años, estudiante de primer curso en la facultad de Derecho.

El inspector frunció el ceño.

–Calamonte..., no sé de qué, pero me suena de algo.

–Su padre es el rector de la universidad, Fermín Calamonte.

Felices desgranó un improperio de dos rombos.

–Lo que nos faltaba –dijo después–. Un gachó importante. Nos van a apretar las clavijas por todos los lados, ya lo verás.

–La cosa no acaba aquí, jefe. Los padres de ella han identificado también al chico. Por lo visto, eran novios o medio novios desde hacía un año, más o menos. El señor rector magnífico en persona me ha acompañado a darles la mala noticia a sus familiares. Todo un detalle por su parte. Aun así, ha sido otro mal trago. Ahora estamos ya todos aquí, de vuelta en la morgue.

–Y ¿quiénes son? La familia del chico, digo.

–El padre es profesor de la facultad de Veterinaria.

–¡Uf...!

–Y, además, consejero de varias empresas relacionadas con el sector veterinario. Se llama Granadella, Damián Granadella.

–¿El padre o el hijo?

–Ambos. Granadella Gómez el padre y Granadella Turón el hijo muerto.

Los tres mosqueteros

El día siguiente derivó desde primera hora en un desquiciante tira y afloja entre el secretismo y el deseo de información. Por un lado, el magistrado Zanini imponiendo el secreto del sumario y el gobernador civil de la provincia, don Críspulo Estilisec, empeñado en que el doble crimen del parque grande no trascendiera a los medios de comunicación. Por otro, los directores de radios y periódicos no afectos al régimen dispuestos a averiguar como fuese qué había ocurrido la noche anterior, que tan nerviosa había puesto a la policía, hasta el punto de poner en pie de guerra a todos sus soplones y confidentes.

Las familias de las víctimas, por su parte, divididas también entre los que preferían la publicidad y el secreto. La justicia o la venganza.

A las nueve de la mañana, el gobernador Estilisec, que era un hombre gordísimo, llamó al jefe superior de policía, Indalecio Rocamora, para indicarle que el asunto del doble asesinato tenía absoluta prioridad sobre cualquier otra investigación en marcha. Las víctimas eran hijos de ciudadanos notables y, por tanto, merecían que la policía descubriese de inmediato al criminal.

–De in-me-dia-to –recalcó Estilisec.

Lo único que pudo hacer de inmediato el jefe Rocamora fue telefonear al comisario de Ponzano, Antonio Petrel, para transmitirle las órdenes del gobernador civil.

Hacía solo unos meses que la jefatura superior se había trasladado desde el edificio de la calle Ponzano a su nueva sede del paseo de María Agustín. Ahora, desde la altura de su moderno despacho de la última planta, el jefe superior Rocamora se sentía más jefe y más superior que nunca. Así que el comisario Petrel lo tuvo que soportar en un tono ciertamente impertinente. Y, nada más colgar el auricular, Petrel llamó a su despacho a Manuel Felices.

–Manolo, forma ahora mismo un grupo de investigación exclusivo para este caso. Reúne a todos los hombres que necesites. Si quieres más, dímelo y los pediremos a otras comisarías. Que hagan turnos más largos si es preciso, pero que el trabajo no cese ni un minuto.

Felices asintió, mientras se atusaba el bigote una y otra vez.

–Quiero a los inspectores Navarro y Goitia –dijo tras meditarlo diez segundos–, y cuatro hombres más, para formar dos equipos.

–Cuenta con ellos. Elígelos con toda libertad. Pásame dos informes diarios. Los quiero en mi mesa a primera hora de la mañana y de la tarde. Y, sobre todo, quiero resultados. Necesitamos resultados. Pronto. ¿Está claro?

–Cristalino, comisario.

Eran las diez y media de la mañana cuando Felices, tras su conversación con el comisario, le hizo una seña al inspector Carlos Navarro para que lo acompañase a su despacho.

–¿Qué tal ayer la obra de Casona? –le preguntó, mientras cerraba la puerta, de madera oscura y con un gran cristal esmerilado.

–Yo me aburrí como un camello, pero Inés se lo pasó en grande y me lo agradeció al volver a casa, así que todos contentos. Lo que debió de ser alta comedia fue lo vuestro del parque grande, ¿no?

–¡Ya lo creo! Un vodevil en toda regla. Precisamente te llamo por eso. El comisario me ha ordenado crear un grupo de investigación y quiero que formes parte de él. Yo estaré al mando, pero quiero dos equipos y que tú dirijas uno de ellos.

–De acuerdo. Y ¿el otro?

–El otro lo llevará el Mudo. Está en el caso desde el principio y los jefazos quieren veinticuatro horas de trabajo, así que repartiros la jornada como buenos colegas. Y elegid cuatro agentes para que os ayuden.

–Por mí, los tres mosqueteros.

Como en la novela de Dumas, los tres mosqueteros eran cuatro: Dávila, Delapuente, Armas y Quintanilla. Los cuatro usaban bigote de espadachín y Dávila, además, perilla. Los cuatro tenían la condición de subinspectores y usaban corbata de nudo estrecho.

–Adjudicados –concedió Felices–. Habla tú directamente con ellos. Supongo que Goitia no vendrá hasta la tarde. Ha pasado la noche con las familias de las víctimas y su último informe estaba sellado a las cinco menos cuarto de la madrugada. Lo dejaremos dormir.

Sin embargo, cuando Navarro salió del despacho del inspector jefe, Germán Goitia, aunque bostezando como un hipopótamo, ya entraba por la puerta de la comisaría.

–Durmió usted poco esa noche, entonces –comentó el inspector Arcusa.

Germán Goitia se llevó ambas manos a la cintura, sin levantarse del catre.

–Bueno, sí... Sabía que la muerte de esos dos chicos levantaría una polvareda y no quería quedar fuera del caso, así que, aunque muerto de sueño, me presenté en la comisaría antes de media mañana. A los diez minutos, ante sendas tazas de café, Navarro y yo nos sentamos frente a frente, con su mesa de por medio. Fue él quien me informó de que Felices me había colocado al frente del segundo equipo del grupo de investigación. Después, comenzamos entre ambos a valorar el caso.

–La primera opción es que el asesino actuase sin motivo alguno –dije–. Que tuviera ganas de matar a alguien y esos dos chicos estuviesen en el peor momento en el peor lugar posible. Vamos, que les tocase morir por puro azar. La segunda posibilidad es que el asesino quisiera matarlos. A ellos y no a otros.

–Una variante de la segunda hipótesis es que quisiera matar solo a uno de los dos y el otro fuese una víctima colateral.

–Cierto. En cualquier caso, lo más probable es que se trate de víctimas indirectas.

–¿Eh...?

–Es raro que gente de su edad tenga enemigos tan violentos. Normalmente, se hace daño a los hijos para vengarse de los padres.

Yo sabía que a Navarro no le caía bien. Bueno, ni a Navarro ni a nadie en aquella comisaría. Me llamaban Mudo a la cara, pero seguro que tenía otros apodos peores. Sin embargo, tras cuatro años en Ponzano me había ganado el respeto de casi todos hacia mi trabajo y mis opiniones como detective. De eso estoy seguro.

–Y a ti, esto ¿a qué te suena, macho? –me preguntó–. ¿Asesino sin motivos personales o venganza premeditada?

La falta de sueño me dificultaba pensar con claridad. Fruncí el ceño para ganar tiempo.

–De momento, me inclino por lo primero: asesino porque sí. Un tipo que tenía ganas de matar, se escondió entre los setos del parque y encontró la ocasión propicia con esos dos chavales. Pero ojalá me equivoque.

–Desde luego, sería mejor para nosotros. Un criminal que actúa sin motivos es siempre más difícil de atrapar.

–Exacto. Además, si se trata de una venganza, es muy probable que el asesino se dé por satisfecho y no haya más muertes. En cambio, un asesino que mata porque le apetece, volverá a hacerlo, casi seguro. Lo más probable es que siga matando hasta que lo atrapemos.

Discreto funeral

A las cuatro de esa misma tarde, el jefe Felices y yo aparcamos el Seat Milquinientos en batería frente a la tapia principal del cementerio católico de Torrero. Lo hicimos junto a otros automóviles entre los que destacaban dos coches con la bandera nacional sobre la aleta derecha y cuyos chóferes mantenían los motores en marcha para procurarse calefacción.

Hacía un frío siberiano, impropio de aquellos primeros días de noviembre. En torno al mediodía, en el momento más inesperado, había empezado a nevar y la ciudad se iba cubriendo por una sábana blanca que allí, en el barrio de Torrero, el barrio de la cárcel y el cementerio, amenazaba con adquirir el grosor de una manta zamorana.

Es raro que nieve en Zaragoza, mucho más a mediados del otoño, pero aquellos últimos años el clima parecía haberse extremado. Como si el mundo fuera a peor, como si todo se estuviese volviendo más cruel, incluido el tiempo atmosférico.

Nada más atravesar la puerta del camposanto, localizamos la comitiva fúnebre. Apenas una treintena de personas en torno a una tumba grande, casi un mausoleo, cercana a la entrada; una tumba de ricos de toda la vida.

Un tramo de trece escalones daba acceso a un panteón subterráneo con nichos suficientes para albergar al menos tres generaciones de Calamontes. Y en el exterior, sobre grandes losas de mármol verde, la estatua de una mujer joven, doliente, arrodillada y cubierta por una túnica, observada desde atrás por una clásica alegoría de la muerte: un esqueleto encapuchado que sostenía una guadaña y un reloj de arena. Me pareció un conjunto escultórico bellísimo. Los Calamonte parecían una familia con gusto, además de con pasta.

En condiciones normales, aquel entierro debería haber tenido carácter multitudinario, pero las circunstancias lo habían convertido en un acto reservado. Las influencias de los padres de los chicos habían acelerado los trámites oficiales: las autopsias se habían llevado a cabo por la mañana y, dado que a todos parecía interesar un sepelio rápido y discreto, las familias habían acordado celebrarlo casi en la intimidad y a aquella hora inusual.

El secreto de sumario decretado por el juez Zanini y la decidida actuación del gobernador Estilisec habían evitado que la noticia del doble crimen trascendiera a la radio y los periódicos. No se publicaron esquelas y los dos funerales se fundieron en uno solo, pues se acordó enterrar a los jóvenes el uno junto al otro.

–Aún no sé qué hacemos aquí, jefe –murmuré cuando ambos nos detuvimos a una respetuosa distancia del grupo.

–Dar un palo de ciego –respondió Felices–. Algunos asesinos acuden al entierro de sus víctimas. Podría ser que nuestro hombre estuviese aquí.

–Yo creo que es muy improbable. Además, a este entierro no se le ha dado publicidad. Solo están los familiares de los chicos muertos.

Felices se alzó de hombros.

–Y ¿quién te dice que el asesino no es un familiar? Anda, vamos a acercarnos. Atento, por si descubres a alguien que parece especialmente nervioso por nuestra presencia.

Nos acercamos lentamente al grupo. Las madres de los chicos lloraban cogidas del brazo. Los padres mantenían la distancia. Altivos, el gesto grave, el odio adormecido por el dolor. O viceversa.

Había dejado de nevar, pero ahora un cierzo helador azotaba a los muertos y a los vivos.

Cuando Felices y yo nos hubimos aproximado lo bastante como para romper la burbuja de intimidad, algunos de los familiares nos dirigieron miradas cargadas de disgusto; miradas con el mensaje de que no éramos bien recibidos, cosa que a nosotros nos importaba medio bledo, esa es la verdad.

No necesitamos exhibir nuestras placas para dejar patente nuestra condición de policías. Eso es algo que todo el mundo nota. En cierto momento, por indicación de Felices, nos separamos, y rodeamos panteón y deudos cada uno por un lado, hasta juntarnos de nuevo al otro extremo del círculo que dibujamos con nuestros pasos sobre la nieve fresca.

Cuando terminó la inhumación de los dos féretros y la losa de mármol de cuatrocientos kilos volvió a sellar el acceso a la cripta, el grupo comenzó a disgregarse. Fue entonces cuando nos acercamos a los padres de los chicos. Como es lógico, me tocó hacer las presentaciones.

–Él es el inspector jefe Manuel Felices, que dirige el grupo de investigación. Jefe, le presento a los señores Calamonte y Granadella.

–Los acompaño en el sentimiento –dijo Felices, estrechándoles las manos.

–¿Han averiguado algo sobre el asesino de nuestros hijos? –preguntó, sin más, el rector Calamonte.

–Todavía no. Es pronto, pero les aseguro que estamos haciendo todo lo posible. Hemos alertado a nuestros informadores y confiamos en tener alguna buena pista en las próximas cuarenta y ocho horas. Lo atraparemos, no les quepa la menor duda.

–Aunque no nos sirva de consuelo, les agradecemos todos sus esfuerzos –declaró Granadella.

–El comisario Petrel los mantendrá informados personalmente, pero el inspector Goitia y yo hemos querido acudir para darles nuestro más sentido pésame.

–El inspector Goitia fue de gran ayuda anoche. La peor noche de nuestras vidas –le explicó a Felices el padre de la chica.

–No hice más que cumplir con mi deber –apunté.

–Mi señora y yo le estamos agradecidos...

Al señor Calamonte se le quebró la voz y allí acabó la conversación.

Los asistentes al sepelio habían emprendido el camino hacia la salida del cementerio. Los dos matrimonios cerraron la comitiva. Caminaban encorvados a causa del frío y la pesadumbre.

–¿Nos vamos también? –dijo Felices cuando quedamos solos.

–Vaya usted, jefe. Ya que estamos aquí, si no le importa, voy a acercarme hasta la tumba de mi padre.

Había pasado una semana desde el día de Todos los Santos y sobre muchas de las sepulturas aún podían verse los restos de los ramos de crisantemos. Olía intensamente a flores mustias.

–Te acompaño.

–No es necesario, jefe.

–Insisto. Con este frío no me parece bien dejarte aquí solo. Voy contigo y bajamos luego juntos al centro. Yo a la comisaría y tú a tu casa.

–Se lo agradezco –dije.

Salimos al andador central del cementerio, un camino de grandes losas cuadradas de piedra gris, y caminamos unos cien metros antes de desviarnos a la derecha, hacia unos bloques de nichos relativamente recientes, hechos con materiales de primera, como modernos edificios de apartamentos para muertos.

Localicé enseguida una lápida del tercer piso. Tras comprobar con disgusto que habían desaparecido las flores que le había llevado el día de difuntos, me acerqué hasta un nicho cercano y me apropié de dos manojos de claveles aún lozanos.

–Pero, hombre... –comenzó a reprocharme Felices.

–Ni hombre, ni nada –le interrumpí–. Alguien se lleva siempre las flores que yo pongo. ¡Estoy harto!

Coloqué los claveles robados en los cajetines laterales de la lápida de mi padre y, luego, apoyé la mano derecha sobre el mármol, cerré los ojos y simulé rezar.

Panteón

Felices se retiró unos pasos, alzó el cuello del abrigo, se ajustó el sombrero y encogió los hombros para hacer frente al viento gélido, mientras lanzaba una mirada panorámica sobre las tumbas, las cruces, los panteones y los cipreses. No se veía un alma. Nadie vivo a la vista. El sol no calentaba, tan solo derramaba sobre la nieve una luz plateada que convertía la realidad en una película en blanco y negro.

De pronto, el policía creyó ver una sombra moviéndose a su izquierda. Miró de reojo, para no delatarse, y distinguió una silueta que se ocultaba tras una sepultura cercana, con lápida de granito.

–Ahora vuelvo, Germán.

Echó a andar hacia la tumba, pero no en línea recta sino dando un pequeño rodeo, como si se dirigiera al fondo, al mausoleo de Joaquín Costa. Con disimulo, buscó con la mano derecha la culata de su pistola en la funda sobaquera.

Por culpa del rodeo, le pilló lejos el siguiente movimiento de la sombra. El desconocido salió y corrió agachado entre las sepulturas. Quizá en un día cualquiera habría podido pasar desapercibido, pero, aquella tarde, su figura vestida de oscuro se hacía perfectamente visible contra el lienzo inmaculado que formaba la nieve.

Felices desenfundó la Beretta y corrió tras él, atajando, saltando por encima de algunos sepulcros.

Lo perdió de vista al llegar a las inmediaciones de un antiguo y enorme panteón, casi una catedral en miniatura. El inspector giró sobre sí mismo, tratando de localizar de nuevo al huidizo personaje. Buscó pisadas en la nieve que le proporcionasen una nueva pista. Fue inútil.

Estaba a punto de darse por vencido y regresar junto a Goitia cuando un sonido metálico, de chapa contra chapa, llamó su atención.

En aquel panteón tan viejo y descuidado, una puerta metálica de dos hojas, al final de una estrecha escalinata de piedra, cerraba el paso hacia la cripta. El cierzo movía una de las hojas y la golpeaba contra la otra. Y eso significaba que la puerta estaba abierta.

El policía se dirigió hacia la escalera. Siete peldaños antes de un pequeño descansillo. Los bajó y comprobó que su teoría era correcta. La hoja derecha debería haber estado cerrada con llave, pero solo se hallaba entornada. Felices la abrió por completo, con solo un leve quejido de las bisagras. Tras la cancela, la escalinata se prolongaba otros nueve peldaños más, hundiéndose bajo tierra, así que el policía siguió bajando hacia la oscuridad de la cripta, muy despacio, con el arma por delante. Por un instante, lamentó no llevar encima una linterna de bolsillo.

–¡Eh! ¿Hay alguien? ¡Soy policía! ¿Hay alguien aquí?

Solo un mínimo eco respondió a sus palabras.

Al llegar al final de la escalera, Felices se detuvo, esperando que sus ojos se acostumbrasen a la oscuridad. Oyó sonidos que le indicaban que alguien se movía allí dentro, aunque no pudiese verlo. Se le aceleró el pulso.

–¡Alto! –exclamó, apuntando erráticamente con el arma aquí y allá–. ¡No se mueva!

Por fin, tras algo más de un minuto de tensión, empezó a distinguir los contornos de la cripta, que tenía forma circular y en cuyo perímetro se alineaban hasta treinta y tres nichos en tres alturas. Nueve de los once huecos del piso central y cuatro del superior se hallaban ocupados, cerrados mediante lápidas de mármol con inscripciones de muy diferentes épocas; las más antiguas, del siglo XVII. Tres de las losas se habían desprendido y caído al suelo, y aparecían rotas en pedazos. Su caída había dejado a la vista las cabeceras de ataúdes viejísimos, arruinados, casi reducidos a astillas. En el interior de esos nichos, los restos humanos, los jirones de ropa y algunas viejas alhajas, se mezclaban con trozos de madera podrida.

De pronto, Felices se sobresaltó al descubrir a su izquierda una figura humana, la de una mujer mayor, vestida de luto riguroso.

–¡Quieta! –exclamó el policía, apuntándole.

La mujer se apretaba de espaldas contra la pared. Sus gestos denotaban temor, pero no su rostro, que a Felices le resultó vagamente familiar.

–¿Quién es usted, señora? ¿Qué demonios hace aquí dentro? –preguntó el policía bajando el arma.

–Me..., me llamo Rosa Pellejero. Vivo aquí.

La mujer tenía una voz grave y unos increíbles ojos color esmeralda. Ambas cosas ayudaron al policía a descubrir por qué su rostro le resultaba tan familiar. Se parecía, y no poco, a la actriz Lauren Bacall.

–¿Cómo que vive aquí? ¿Aquí, en el cementerio?

–Aquí, en este panteón.

A la escasa luz que se filtraba por el hueco de la escalinata, Felices pudo distinguir varios objetos de uso cotidiano diseminados por el suelo. Algunas piezas de vajilla, un quinqué de petróleo, una decena de libros... De uno de los nichos vacíos asomaban el extremo de una manta y un pequeño y mugriento almohadón.

–Pero..., no puede usted hacer eso, señora. Esto es una propiedad privada. No puede usarla de vivienda. Es..., como meterse en casa ajena.

–No es casa ajena. Es mi casa –replicó la mujer–. Mi familia es la propietaria y se trata de una sepultura perpetua. Tengo todo el derecho a estar aquí. Soy la última de los Pellejero. Cuando yo muera, mi familia se extinguirá. Pero, mientras tanto, seguiré aquí.

Felices sacudió la cabeza.

–Aun así..., no debería alojarse en estas condiciones. Este es un lugar inhóspito, húmedo y frío...

–No diga bobadas, hombre. ¿Usted tiene frío?

El policía tuvo que reconocer que allí abajo la temperatura era mucho más agradable que en el exterior. Olía mal, pero no hacía frío.

–Preocúpese por quienes tienen que pasar estos días bajo el puente de piedra, a la orilla del río y soportando el cierzo –le aconsejó la mujer–. Allí sí hace un frío de muerte. Yo estoy bien aquí. Rodeada de mis parientes, además.

El inspector jefe suspiró, enfundó el arma y colocó los brazos en jarras. Se había quedado sin argumentos.

–¿Qué diablos hacía ahí fuera, Rosa? En un día como hoy, debería..., quedarse en casa.

La mujer afiló la mirada, que pareció lanzar un rayo verde.

–Vigilaba a su amigo, el alemán.

Felices parpadeó, extrañado.

–¿Alemán? ¿Se refiere a mi compañero...? No, no. Él no es alemán. Es español. Del norte, pero español.

–No lo creo. Se llama Bösen. Y eso es alemán.

A primera vista parecía un diálogo de locos, pero Felices se percató de que el discurso de la mujer no tenía nada de incoherente. En efecto, en la lápida de la tumba que Goitia había ido a visitar aparecía cincelado un nombre que, aparentemente, nada tenía que ver con Germán Goitia: Rainer M. Bösen. Resultaba muy evidente y él se había percatado enseguida. De hecho, pensaba preguntarle por ello a su compañero de regreso a la comisaría.

–Está bien. Supongamos que tiene usted razón. Y ¿qué pasa si mi amigo es alemán?

–Oh, eso me da igual, por supuesto –respondió la mujer–. El problema no es que sea alemán. El problema es que se trata del hijo del diablo.

Felices estuvo a punto de echarse a reír, pero logró contenerse.

–¿Qué dice usted, señora? ¿Mi amigo es el hijo del diablo? No debería decir de él esas cosas. Le advierto que es policía, como yo.

–Su padre era el mismísimo demonio –dijo ella–, así que él debe de ser el hijo del diablo. Lógico, ¿no?

El inspector comenzó a sentirse incómodo. Aunque sus palabras no tenían sentido, el tono de la mujer no parecía en absoluto el de una loca.

–¿Acaso conoció usted en vida a ese tal Bösen?

–¿Yo? No, claro que no. Pero sí conozco bien a los muertos. Hace trece años que vivo aquí, en el cementerio. Y puedo asegurarle que nunca los había sentido tan inquietos como ahora. Desde que trajeron a Bösen, los demás muertos se remueven en sus cajas día y noche.

–¿Se..., remueven? ¿Está segura de eso?

–Lo estoy. No quieren a ese alemán junto a ellos. No deberían haberlo enterrado aquí. Este es un cementerio católico, lleno de muertos católicos. Tendrían que haber echado su cadáver a los perros. O, mejor aún, a los buitres. Eso es: a los buitres. Carroña. Y cada vez que su hijo viene a ponerle flores frescas, los muertos se agitan. No logran descansar en paz. Y los cementerios son para eso, para descansar en paz, ¿no le parece? Por eso lo vigilo y, en cuanto el hijo se va, quito las flores de la tumba de Bösen. Eso los apacigua un poco.

La vista de Felices se había acostumbrado ya totalmente a la penumbra y distinguía con bastante claridad las facciones de Rosa Pellejero. Decía aquellas cosas absurdas con tan serena convicción que resultaba desconcertante.

En ese momento, se oyó en el exterior la voz de Goitia.

–¡Jefe! ¡Jefe!, ¿está usted ahí?

El rostro de la mujer se crispó al instante.

–¡Es él! No quiero que entre aquí –dijo, muy alterada–. ¡Que el hijo del diablo no ponga ni un pie en mi propiedad!

–Tranquilícese, Rosa –dijo Felices–. Yo me ocupo.

El policía subió los primeros nueve peldaños de la escalinata y abrió la puerta metálica de par en par.

–Estoy aquí, Goitia.

El inspector apareció en lo alto de la escalera. Su silueta se recortó contra el cielo. Empuñaba su revólver Smith & Wesson. Negro como un remordimiento.

–No pasa nada, Germán –continuó Felices–. Ya nos vamos. Guarda el arma.

Pero el inspector no obedeció. Al contrario, se plantó con los pies ligeramente separados sobre el primero de los escalones de piedra, alzó el revólver con ambas manos, apuntó a la cabeza de Felices y apretó el gatillo.

Sangre y trocitos de cerebro mancharon las paredes del acceso a la cripta de los Pellejero.

Tres cincuenta y siete Magnum

Los dos componentes del Dúo Dinámico dejaron caer la mandíbula sincronizadamente.

–¿Nos está diciendo que mató a su compañero a sangre fría? –preguntó De la Calva, pasada la primera sorpresa.

–Oigan, ¿me van a dejar contar las cosas como yo quiera o no? –protestó Germán Goitia justo antes de sufrir un ataque de tos durante el cual Arcusa consultó su Certina de pulsera y le dirigió a su compañero un alzamiento de cejas casi parabólico.

Seguramente, ninguno de los dos imaginaba los vericuetos por los que iba a discurrir la declaración del viejo policía.

Quince minutos después de aquel disparo, salí del cementerio y me acerqué hasta el coche para dar aviso por radio del incidente. Vi entonces que en la guantera había medio paquete de Lucky Strike y, aunque nunca he sido fumador, sentí que necesitaba un cigarrillo. Me lo fumé lentamente, sentado sobre el capó del Seat Milquinientos. Acababa de tirar la colilla sobre la nieve cuando vi llegar desde el final de la avenida de América otro coche patrulla con las luces azules encendidas y la sirena aullando a toda traca, seguido por una ambulancia perteneciente a la dotación de la Casa de Socorro.

Habían pasado apenas siete minutos desde mi llamada. Me pareció un buen tiempo de respuesta por parte de mis compañeros.

El auto frenó en seco al llegar a mi lado. Por la ventanilla del copiloto asomó el mismísimo comisario Petrel, más serio que Buster Keaton en *El maquinista de La General.*

–Anda, sube y guíanos hasta el escenario.

Ocupé el centro de la banqueta trasera y, siguiendo mis indicaciones, atravesamos la puerta principal del cementerio para circular después por caminos que habitualmente solo recorrían los furgones funerarios. En cosa de minuto y medio llegamos a las proximidades del panteón de los Pellejero.

Se apeó el comisario y, tras lanzar una mirada al fondo de la escalinata de la cripta, no pudo evitar un gesto de profundo desagrado.

–Por Dios, qué escabechina. ¿Qué munición utilizas, Goitia? ¿Balas de cañón antiaéreo?

Germán mostró su revólver S&W, modelo veintisiete.

–Tres cincuenta y siete Magnum, comisario.

–¡Qué barbaridad...!

–No me gusta disparar, pero, si alguna vez me veo en la necesidad, prefiero algo que haga agujeros muy gordos.

–Ya veo.

Petrel se volvió entonces hacia Felices, que nos miraba en silencio desde la esquina del panteón, las manos en los bolsillos del gabán. Pálido como la leche.

–Y ¿tú cómo estás? –le preguntó.

–¿Que cómo estoy? ¡Estoy vivo de milagro, comisario! Este animal casi me vuela la cabeza. La bala me pasó rozando la oreja. La noté perfectamente. Un soplo de aire caliente. El aliento de la muerte.

–No sea dramático, jefe. No corrió usted ningún peligro –repliqué calmo–. Soy un tirador excelente, lo sabe de sobra.

–Lo que eres es un...

–¡Basta! Explicadme qué ocurrió –le interrumpió el comisario.

Decidí ser el primero en exponer mi versión de los acontecimientos.

–Yo estaba allá –señalé–, visitando la tumba de mi padre. Después de rezar un par de oraciones, vi que el jefe Felices ya no se hallaba a mi lado, así que lo llamé en voz alta mientras me acercaba hacia aquí, siguiendo las huellas que había dejado en la nieve. Cuando llegué, él subía por esta escalinata. Entonces vi cómo, a su espalda, la mujer salía de la cripta enarbolando una maldita barra de hierro.

–¿Esa de ahí? –preguntó el comisario, señalando una palanqueta de alzar lápidas tirada junto al cadáver.

–Así es. Supuse que pretendía golpear a Felices en la cabeza. Tenía que tomar una decisión inmediata. Llevaba el revólver en la mano y opté por disparar.

–Y le acertó de lleno en la cara –concluyó Petrel.

–Por descontado. Yo nunca fallo.

–¿No le diste el alto?

–No, un segundo más y esa mujer le podía haber abierto la cabeza a mi compañero. Tomé la decisión de disparar.

El comisario se volvió hacia Felices.

–¿Corroboras su declaración?

El inspector jefe se tomó su tiempo para responder. Lo hizo serio, en silencio, asintiendo con la cabeza.

–Bien, pues esa será la versión oficial –concluyó Petrel–. ¿Ya sabemos quién es la víctima?

–Rosa Pellejero Oquende, sesenta y dos años –respondió Felices–. He hallado en la cripta su carné de identidad. Vivía aquí, sola, desde hace años. Al parecer, carecía de domicilio y de familia.

Dionisio «el grifo»

En esos momentos, en la comisaría de Ponzano, el inspector Navarro entrevistaba en la sala de interrogatorios a Dionisio Estévez, *el Grifo,* un delincuente de poca monta al que tenía como confidente.

–No puede ser, Grifo. Alguien tiene que saber algo.

–Ya le digo que no, señor inspector. Es algo *mu* raro. A nadie le gusta un pelo que maten a unos *chavaliyos.* Pero nadie sabe *na. Na* de *na,* se lo juro. Igual es alguien que ha *venío* de fuera. Un recién *yegao.* Mala gente.

Navarro tomó una nota rápida en su libreta.

–No me estarás engañando, ¿verdad?

–¿Yo? ¿*Pa* qué le voy a engañar a *usté*?

–Como bien dices, estos tipos no le caen bien a nadie. Pero a este lo tenemos que atrapar nosotros. La poli. ¿Te enteras, macho? Espero que a ninguno de tus colegas se le ocurra ir a por él en lugar de darnos el *queo* o alguno que yo me sé acabará por arrepentirse durante el resto de su miserable vida.

El Grifo se removió en el asiento, incómodo por la amenaza.

–Pero si nadie sabe *na*, que se lo he dicho a *usté* quince veces, inspector. Quince *u diecisáis*.

–¡Anda! ¿Sabes contar hasta dieciséis, Grifo?

–Pues claro. Fui cinco años a la escuela. De los ocho a los diez.

–Todo un récord. Anda, macho, lárgate de aquí, abre bien los ojos y los oídos y tráeme pronto noticias de ese canalla.

El Grifo no se movió.

–No *pué* soltarme así, sin más ni más, inspector. Si me ve algún colega salir de la comisaría, pensará que soy un chivato.

–Es que eres un chivato. Y eso lo sabe todo el mundo.

–Ande, ande, déjeme dormir en el calabozo, jefe. Mañana fisgaré *pa usté,* pero arrésteme esta noche.

Navarro chasqueó la lengua aparentando disgusto. Sin embargo, sabía que a los buenos confidentes hay que cuidarlos.

–Está bien, Grifo, está bien. Siéntate allí. Ahora le digo a Quintanilla que tramite una denuncia por escándalo público.

–Muchas gracias. ¿Sabe si está libre el calabozo cuatro? Es el más calentito.

–Pídeselo a Quintanilla.

–Y ¿qué hay de cenar?

–No sé. Albóndigas, creo.

–¡Qué ricas!

Navarro le hizo una seña a Quintanilla, que se acercó atusándose las guías del bigote.

–Ocúpate cuando puedas del Grifo –le dijo–. Que pase aquí la noche, pero a las siete de la mañana lo echas a la puta calle. Sin contemplaciones.

–Bien. ¿Te ha dicho algo?

–Ni mu. Parece que nadie sabe una mierda de nuestro asesino.

–Yo he hablado con todos mis soplones y lo mismo. Creo que nos enfrentamos a un criminal desconocido por aquí. O es un novato o está recién llegado de otro sitio.

–Pues si es un novato, se ha estrenado a lo campeón. Sería mejor que ya hubiese actuado en otro sitio. El comisario ha enviado un télex a todas las jefaturas de España, a ver si han tenido en los últimos tiempos algún caso similar. Y, de momento, nada.

Quintanilla frunció el ceño.

–Estaba pensando...

–¿Pensando? ¿Tú?

–Sí, gracioso. Y pensaba que las dos víctimas tienen algo en común.

–¡Y tanto! Como que eran novios.

–Sí, claro. Pero, aparte de eso, hay otra cosa que los une.

–¿Qué?

–La universidad.

Navarro se rascó una ceja.

–No te entiendo, macho. ¿Qué quieres decir?

–Que..., el asesino podría ser alguien de la universidad.

–Genial, macho. Entre alumnos y profesores, unos cinco mil sospechosos.

–O..., quizá alguien que estuviese enfadado con la universidad. Con la universidad, en general, o con los padres de las víctimas, en particular.

Navarro carraspeó. ¿Cómo le podía decir a Quintanilla que su teoría no valía un pimiento?

–Sí, pero..., a Granadella y Calamonte les hemos pedido que hagan una lista con sus posibles enemigos..., y no han escrito ni un solo nombre.

–Claro, porque la gente importante se siente tan satisfecha de sí misma que no puede ni imaginar que alguien los odie.

–Cosa que no es cierta. Cuanto más importante eres, más te odia todo el mundo. Fíjate en Franco.

–¡Chssst...! Calla, hombre, que si te oye el comisario te abre un expediente.

–¿Quién crees que podría odiar tanto al rector de la universidad como para matar a su hijo?

Inspector y subinspector se miraron durante unos segundos. Quintanilla, finalmente, se alzó de hombros.

–¿Alguien que quería ser rector y no lo consiguió?

Mi padre

En esta ocasión, el juez de guardia no era Zanini sino Cañellas. El magistrado acudió al cementerio de Torrero en el sempiterno Citroën 15 Ligero de color negro que el Ministerio de Justicia ponía a disposición del juzgado de guardia. Eso sí, Ángel Cortés volvió a ser el forense encargado del caso. No ocultó su viva impresión por las heridas producidas por la munición Magnum de mi revólver.

–Debería estar prohibida –fue uno de sus escasos comentarios.

–Las balas pequeñitas también matan –replicó el juez.

–Pero menos –concluyó el forense.

Tras escuchar nuestro relato de los hechos, el magistrado dictó una larga serie de versallescos considerandos al secretario judicial, que los mecanografió por duplicado en su Underwood portátil. Luego ordenó el levantamiento del cadáver de la mujer.

–Se los llamará al juzgado para firmar las diligencias –nos informó innecesariamente a Felices y a mí–. En principio, lo voy a considerar como una actuación policial proporcionada. Pero, conste, se ha quedado usted a centímetros de ser imputado por homicidio, inspector Goitia.

–Gracias, señoría. Procuraré que no vuelva a pasar, pero..., nunca se sabe. Tomar decisiones al límite forma parte de nuestro trabajo.

Cañellas, que usaba gafitas redondas, me dedicó una mirada indescifrable antes de subir al Citroën y ordenar al chófer el regreso al edificio de la plaza del Pilar.

Felices y yo nos quedamos todavía un rato contemplando en silencio la tarea de los dos encargados de retirar el cuerpo de Rosa Pellejero para su traslado a la morgue.

Cuando las luces traseras del furgón de la Hermandad de la Sangre de Cristo se perdieron a lo lejos, y sin necesidad de cruzar una palabra, echamos a andar hacia la salida del cementerio. En el aire flotaban algunos copos de nieve tan minúsculos y ligeros que nunca llegarían a tocar el suelo.

–¿Por qué el apellido de tu padre no es Goitia? –me preguntó Felices, de repente.

Deliberadamente, retrasé mi respuesta.

–Claro que lo es. Lo que ocurre es que el hombre que está ahí enterrado no era mi padre, aunque sí se comportó como tal. Y lo quise más que al verdadero.

Manuel Felices no insistió. Supongo que ya sabía que tarde o temprano acabaría por contarle la verdad. Decidí no hacerle esperar.

–Mi auténtico padre nos abandonó cuando yo no era más que un niño. Poco antes del comienzo de la guerra civil, apareció Rainer en nuestro pueblo. Mi madre y él se enamoraron. Al año siguiente, cuando mi madre murió, él se hizo cargo de mí. No tenía ninguna obligación para conmigo pero, al cabo de poco, él decidió regresar a Alemania..., y me llevó con él. Pasó otro año y estalló la guerra mundial. Cuando acabó, en el cuarenta y cinco, el país estaba en ruinas y dividido en dos. Rainer optó entonces por volver a España, donde conservaba algunos amigos y buenos contactos. Nos instalamos en Santander. Después de terminar el bachillerato, decidí hacerme policía. Mi primer destino fue Barcelona, pero hace cuatro años pedí plaza aquí y me lo traje a vivir conmigo. Murió el pasado abril, a causa de un cáncer de pulmón. Fumaba mucho.

–¿Nunca volvió a Alemania? Ahora es un país muy próspero.

–No, nunca. Él procedía de la zona que ha quedado bajo el dominio de la Unión Soviética. Lo que ahora llaman la República Democrática. Nunca quiso regresar allí.

–Entiendo. Y..., ¿a qué se dedicaba?

–Era..., había sido militar.

Llegamos junto al coche patrulla y Felices se puso al volante.

–Yo voy a la comisaría. ¿Te llevo a alguna parte?

–¿Puede acercarme a la calle Méndez Núñez?

–Pues claro.

–Voy a la armería Escobedo. Encargué hace unos días munición para el revólver y me han dicho que ya la han recibido.

–Llegamos en apenas diez minutos, el tiempo que se tardaba entonces en cruzar Zaragoza en coche de punta a punta. El dueño de la armería se llamaba Evaristo. Sus precios eran caros, pero sabía lo que se llevaba entre manos. Me sonrió en cuanto me vio cruzar la puerta. Estaba terminando de atender a un cliente y me hizo una seña con la mano para que esperase. Me puse a contemplar las escopetas de caza como si fueran de mi interés. Por fin se fue el cliente y Escobedo se metió en la trastienda. Al salir, llevaba en las manos una caja de madera de tamaño algo mayor que una de zapatos. La colocó sobre el mostrador, le quitó el papel y, finalmente, levantó la tapa, dejándome contemplar su contenido.

–¿Qué contenía esa caja? –quiso saber De la Calva.

–Es preciosa –dije, tomándola en la mano derecha. Sopesándola–. Y de mi marca favorita.

–La Smith & Wesson Modelo treinta y nueve modificada para usar silenciador –explicó el comerciante, sin ocultar su orgullo–. Un encargo del gobierno norteamericano para sus fuerzas especiales destinadas a ese país asiático infestado de comunistas...

–Vietnam.

–¡Justo! En cuanto los yanquis empiecen a llegar allí con estas armas, esos amarillos se van a cagar en los pantalones.

El silenciador aparecía alojado en una oquedad de la caja. Estaba pavonado en negro satín.

–Tenemos ahí detrás una pequeña galería de tiro. ¿Por qué no la prueba?

Lo seguí. En efecto, en un lateral del almacén habían acondicionado una galería de tiro de una sola calle y de unos veinticinco metros de largo. Una vez en el puesto, abrí la caja, saqué la pistola y le enrosqué el silenciador en el extremo del cañón. Lentamente. Luego, contemplé el resultado, casi emocionado. Dos meses llevaba esperándola. Alcé el brazo, apunté y disparé sobre una diana situada al fondo. En lugar de la detonación habitual, se oyó tan solo un suspiro, casi humano. Como el chistido de alguien que reclamase silencio en medio de un funeral.

–Usa munición del veintidós LR –me informó Escobedo, innecesariamente–. Comparada con la tres cincuenta y siete Magnum, parece de juguete. A cambio, es ligera y precisa.

No pude evitar sonreír.

–Hace un rato, he oído decir a un juez que las balas pequeñas también matan.

–Y no le faltaba razón.

El pasadizo del trascoro

Apenas hacía un lustro que un acaudalado matrimonio zaragozano había financiado la construcción de las dos torres más cercanas al río Ebro. Con ello, el templo de El Pilar podía darse por terminado y adquiría así su silueta definitiva, la que idease Ventura Rodríguez en el siglo XVIII.

A Goitia no le gustaba. Le resultaba extraña aquella mezcla de cúpulas de aire remotamente bizantino con las cuatro torres que surgían de las esquinas. Pero, claro, Goitia no era zaragozano.

A Maite sí le gustaba el Pilar. Le parecía hermoso y acogedor, a pesar de su enorme tamaño. Desde hacía unos meses acudía allí tres o cuatro veces por semana, pero no a oír misa, como la mayoría de la gente, sino a confesar. A confesar con el padre Álvaro, cuyos turnos se conocía de memoria. Le gustaba especialmente hacerlo como hoy, cerca de las diez de la noche, ya próximo el cierre de la basílica, cuando su interior, casi vacío de visitantes, se sumía en un silencio penumbroso que le erizaba la piel.

Maite entró por la puerta principal, tomó agua bendita de la pila y se santiguó. Luego, caminó por la nave lateral más cercana a la plaza con la mirada puesta en la fila de confesionarios de madera oscura, rematados por una cruz en cuyo centro se alojaba una lamparita de color rojo. La lamparita encendida significaba que el confesonario albergaba confesor.

En aquel momento, el único con lamparita encendida era el cuarto confesonario. Ella sabía de sobra que lo ocupaba el padre Álvaro.

–Ave María Purísima.

–Sin pecado concebida –susurró el sacerdote, tras abrir la puertecita de la celosía izquierda.

–Soy yo, padre Álvaro. Maite, Maite Laguna.

–Buenas noches, Maite.

–¿Qué le ocurre en la voz?

–Discúlpame. Me he levantado afónico. Nada importante, espero.

–Miel, limón y bicarbonato. Es lo mejor para las cuerdas vocales.

–¿Ah, sí? Lo tendré en cuenta. Has venido más tarde que otros días.

–Bueno..., sí. Lo prefiero así. A esta hora todo está más tranquilo.

–¿Vas a confesarte?

La chica pareció dudar unos segundos.

–Sí, padre. Quiero confesar.

–Adelante, pues. Dime, hija: ¿cuánto hace que no te confiesas?

–Ya lo sabe, padre: tres días. Solo me confieso con usted.

–Bien, bien, y..., ¿de qué te acusas?

Maite tragó saliva antes de proseguir.

–De haber tenido pensamientos impuros.

–Una vez o varias veces.

–Varias, bastantes.

–Bastantes, ¿eh? Y..., ¿en qué pensabas, exactamente?

La chica suspiró largamente.

–Hay un chico, padre.

–Oh. Entiendo, un chico que te gusta.

–No lo sé, padre. Creo..., creo que sí. Pero dudo de sus intenciones; o de las mías, quizá. No puedo apartarlo de mi pensamiento. Necesito su consejo, padre. Siempre me ha sido de mucha ayuda, en cualquier situación.

Le había costado mucho decidirse, una avalancha de dudas, hasta que cayó en la cuenta de que la protegía el secreto de confesión. Eso la decidió.

Maite se preparó para recibir una reprimenda inmediata. Sin embargo, ante su sorpresa, el cura guardó un largo silencio antes de hablar de nuevo. Y fue para decirle algo que no esperaba.

–Es un tema delicado. Muy delicado. No es para hablarlo aquí y con prisas. Prefiero no oírte en confesión, sino escucharte como tu director espiritual. Conversar contigo.

La chica parpadeó, un tanto perpleja.

–Bien, pero ¿cómo...?

–Mi turno de confesiones acaba en unos minutos. Podemos quedarnos aquí, en la casa de Dios, y tratar el tema paseando a su amparo. Como te digo, estos son asuntos complejos.

Maite se mostró recelosa durante un segundo. Jamás el padre Álvaro le había propuesto algo semejante. Pero era su confesor desde que tenía ocho años.

–Claro, padre. Lo que usted considere más oportuno.

El cura pareció meditar unos instantes.

–¿Conoces el pasadizo bajo el trascoro? –preguntó al fin.

–Sí, claro.

–Espérame en el extremo norte, el del lado de la sacristía. En cuanto den las diez yo iré para allá y podremos hablar largo y tendido mientras se cierra la basílica.

–Bien. Allí estaré.

El pasadizo abovedado que discurre bajo el trascoro del Pilar, de unos treinta metros de longitud por cinco de anchura y muy poco transitado, siempre ha alimentado una simpática leyenda: la muchacha que quiera encontrar un novio bueno y formal ha de recorrerlo de parte a parte con los ojos cerrados y conteniendo la respiración. Pero, claro, las chicas como Maite pensaban que había que ser muy desvergonzada para buscar novio de ese modo. Ni a ella ni a ninguna de sus amigas se les pasaría por la cabeza semejante cosa. Casi un sacrilegio.

Con cierta perplejidad, Maite se santiguó, se despidió del padre Álvaro, se incorporó y caminó despacio hacia el fondo de la nave lateral del templo, mientras la segunda catedral de Zaragoza se preparaba para su cierre, del que se ocupaban tan solo dos sacristanes. Las diferentes operaciones nunca les llevaban menos de una hora: apagar la mayoría de las luces y las velas de todos altares y capillas, sustituir las ya consumidas por otras nuevas, asegurarse de que no quedaba ningún visitante, cerrar las puertas de acceso y las de todas las dependencias...

Cuando llegó a la boca sur del pasadizo, la más próxima a la plaza de Pilar, Maite consultó su Longines de pulsera. Señalaba las diez menos dos minutos.

Había quedado con su confesor en la boca norte. Podía cruzar el pasadizo, sin más, o dar un gran rodeo por detrás del coro y del órgano. Y decidió usar el camino más corto.

Maite sintió entonces un hormigueo tras el ombligo. Podía hacer, con cierta justificación, lo que ninguna de sus amigas había hecho: jugar a aquel juego. La leyenda del pasadizo del trascoro. Atravesarlo sin respirar, con los ojos cerrados. Ser una chica mala, por una sola vez, ella que nunca lo era. Pedirle un novio guapo y bueno a la Virgen del Pilar. Pedirle que ese chico que tanto le gustaba se muriese por sus huesos.

Se situó junto al arranque del pasillo abovedado, cobijada por la penumbra, apretándose el pecho, en un intento de moderar sus palpitaciones. De pronto, comenzaron a sonar los cuartos, límpidos, e, inmediatamente, comenzaron las campanadas. Rotundas y lentas. Muy lentas. Casi como si tocaran a muerto.

Maite se plantó frente a la entrada del pasadizo y miró hacia el fondo. Al otro extremo, atisbó en la penumbra la silueta de un sacerdote. Vestía con sotana y el rectángulo blanco del alzacuellos parecía brillar en la oscuridad. Allí estaba, tal como le había dicho. No distinguía sus facciones, pero solo podía tratarse de él.

Se puso tan nerviosa que le costó esfuerzo llenar los pulmones con el suficiente aire como para afrontar con garantías la travesía.

–Allá voy, padre Álvaro –murmuró.

Comenzó a caminar mientras, entre dientes, quizá para mitigar su osadía, desgranaba las frases del Credo, esas que había aprendido de memoria antes siquiera de entender su significado: «Creo en Dios padre, todopoderoso, creador del cielo y de la tierra. Creo en Jesucristo, su único hijo, Nuestro Señor, nacido de Santa María Virgen. Creo en el Espíritu Santo, la Santa Iglesia católica, la comunión de los santos, el perdón de los pecados, la resurrección de los muertos y la vida eterna...».

–Amén –dijo Maite, al terminar, volviendo a respirar agitadamente, como si hubiese estado subiendo una interminable escalera.

Abrió los ojos. Volvió a respirar. Miró los ojos del padre Álvaro para descubrir que no eran sus ojos.

Y aquel descubrimiento la desconcertó.

Sin embargo, su desconcierto duró solo un instante porque, casi de inmediato, sintió un pinchazo a la altura del hombro izquierdo, al tiempo que el hombre vestido de cura le tapaba la boca con firme delicadeza. La apretó más contra sí, inmovilizándola. En apenas unos segundos, Maite sintió una oleada de calor que la empapó en sudor. Y un mareo intenso. Y una leve arcada. Y otra. Antes de poder preguntarse qué le ocurría, dejó de sentir los dedos; y los brazos; y las piernas, que se le volvieron como de corcho y se negaron a sostenerla. De no ser por él, habría terminado en el suelo.

El hombre la tomó en brazos, como a una novia, y la trasladó al recinto del coro sin que ella pudiese oponer la menor resistencia. La tumbó en el suelo, ante el imponente facistol. Maite ya no podía moverse y apenas sentir, pero no creyó que le fuera a ocurrir nada malo hasta que él le palpó los ojos y vio brillar en su mano derecha un instrumento de quirófano. Un escalpelo. Un condenado bisturí con el que, sin mediar palabra, sin aviso previo, sin más, le cortó los párpados, primero el izquierdo, luego el derecho, con mano experta, segura, como de cirujano. La chica tenía los sentidos embotados y, por ello, apenas experimentó dolor, pese a ser consciente en todo momento de cuanto le ocurría.

De inmediato, su campo de visión se tiño de rojo sangre, de su propia sangre.

Entonces, él le introdujo a través del lagrimal un objeto brillante, metálico y romo. Se lo metió en la cuenca y maniobró haciendo palanca hasta que el globo ocular saltó fuera.

Fue entonces cuando Maite sintió la aterradora certeza de que aquel hombre le estaba sacando los ojos. Intentó gritar, pero la droga que corría por sus venas ya cumplía su cometido con eficacia.

Casi de inmediato, el bisturí seccionó de un tajo el nervio óptico y la mitad derecha de su visión del mundo desapareció. Se dio cuenta de que, en menos de un minuto, estaría ciega. Una angustia infinita se apoderó de ella, al percatarse de que nada podía hacer por evitarlo, ni aun mover uno de sus dedos meñiques.

Su ojo izquierdo, tal como sospechaba, pronto corrió la misma suerte que el derecho. Con la misma limpieza; con idéntica eficacia. Con el resultado esperado. Con ello, llegó la ceguera.

Incapaz de ofrecer la más mínima resistencia, Maite se sintió entonces arrastrada por los tobillos, aunque no podía saber hacia dónde.

El Matarife la llevó hasta un amplio reclinatorio situado a la izquierda de la sillería, junto a la primera fila de asientos. Pese a que Maite se le desmadejaba en las manos, él logró ponerla de rodillas y, con movimientos seguros le colocó los brazos abiertos en cruz sobre el reposamanos y le sujetó las muñecas y los codos con lazadas de alambre que llevaba ya preparadas. De inmediato, le empujó la cabeza hacia delante, dejando la parte posterior del cuello completamente expuesta.

Muy cerca, tras la primera silla del coro, había dejado antes un maletín negro, que ahora fue a buscar. Sacó de él una maceta de albañil y un punzón de matarife nuevo, reluciente. Nunca antes utilizado.

Sacó también una muñeca de porcelana con los ojos rotos.

Con la yema del índice derecho, recorrió las primeras vértebras de Maite hasta localizar la unión entre la tercera y la cuarta y, justo en ese lugar, situó la punta del clavo. Tomó aire, alzó el pequeño mazo por encima de su cabeza y descargó un golpe certero, que seccionó la columna de la chica, le atravesó el cuello e introdujo la punta del clavo varios centímetros en la madera del reclinatorio, produciendo un sonido escalofriante.

En el momento del martillazo, el asesino murmuró entre labios una sola palabra.

–Muere.

Lo dijo sin odio, pero con firmeza. Como una orden.

La chica obedeció, a su pesar. Murió sin un grito. Sin un quejido, siquiera.

El asesino guardó en el portafolios negro el mazo y los ojos de Maite, que había introducido en una bolsita de papel parafinado. Y dejó la muñeca de porcelana a los pies del facistol.

Antes de abandonar el coro, el hombre echó un detenido vistazo a su alrededor para asegurarse de que nadie lo había visto y, con todo sigilo, se encaminó a la sacristía. Allí, de una taquilla de madera en la que figuraba el nombre del padre Álvaro, recogió su propia ropa, remetida en un pequeño petate negro, se aseguró de que la puerta del primer retrete continuaba cerrada, se cubrió boca y nariz con una bufanda negra y se encaminó hacia la salida noroeste del templo, uno de cuyos portillos laterales aún permanecía abierto. De camino, por la nave lateral izquierda, saludó con un gesto de la mano a uno de los sacristanes.

–Hasta mañana, padre Álvaro.

El asesino salió al antiguo paseo del Ebro y, sin prisa, se perdió en la oscuridad mientras comenzaba de nuevo a nevar sobre Zaragoza.

Colgado del alambre

Nueve horas más tarde, a primera hora de la mañana siguiente, Felices y Navarro observaban el cadáver del padre Álvaro con morbosa curiosidad. No todos los días tiene uno la ocasión de contemplar a un sacerdote en paños menores sentado sobre uno de los retretes de la sacristía mayor del Pilar y ahorcado mediante un alambre enganchado en la cisterna. Una imagen difícil de olvidar.

Felices echó un vistazo a la nuca del cadáver.

–No hay clavo de matarife –constató–. Y tampoco le ha sacado los ojos.

–No me fastidies... ¿Significa eso que tenemos otro asesino diferente? –se preguntó Navarro–. ¿Primero un asesino de adolescentes y ahora un asesino de curas?

–Y no te olvides de que ayer el Mudo le reventó la cabeza a una ancianita en el cementerio.

–Pero, macho, ¿qué está ocurriendo aquí? ¿No era esta la ciudad más tranquila de España? Si lo sé, pido el traslado a Málaga que, al menos, hace buen tiempo.

En ese momento, entró en la sacristía el forense Cortés. Se veía en el tamaño de sus ojeras que había dormido poco la última noche.

–Un nuevo récord personal, señores: cuatro muertos en setenta y dos horas. Al menos, este me ha pillado a solo cien metros de la clínica.

En efecto, saliendo del Pilar por la puerta suroeste y cruzando la plaza de las catedrales encontrabas sin dificultad la puertecita de la clínica forense, ubicada en los bajos del cercano edificio de los juzgados.

El Ángel de la Muerte se plantó ante el cadáver del padre Álvaro y examinó en silencio el escenario del crimen. Felices se le acercó por detrás. Tras aguardar en silencio durante más de un minuto, carraspeó para llamar su atención.

–No parece obra del Matarife.

–Quizá sí –replicó el forense.

Sacó Cortés de su maletín una lupa de grandes dimensiones y, con ella en la mano, examinó con detenimiento los hombros y brazos del cadáver hasta detenerse en un punto del tríceps izquierdo.

–Ajá –murmuró.

–¿Qué ocurre, doctor?

–¿Ha leído mis informes de las autopsias de los chicos del parque?

–Todavía no.

–Habían sido drogados con un potente somnífero de uso veterinario. Por eso no se defendieron de la agresión. Ambos tenían la marca de una aguja en el brazo izquierdo. Este hombre también la tiene. Apuesto a que encontraremos en su cuerpo el mismo somnífero.

–Pero no le clavó un punzón en la nuca ni le sacó los ojos. ¿Por qué?

–No lo sé, inspector. Eso le toca averiguarlo a usted.

Mientras el forense realizaba su trabajo, Navarro llamó la atención de Felices y ambos se acercaron al vestíbulo de la sacristía, donde el cabildo les aguardaba junto a un hombre menudo, entrado en años, con claros síntomas de nerviosismo.

–Les presento a Hipólito Fonseca –dijo el cabildo–. Es uno de nuestros sacristanes. Anda, Hipólito, diles a estos policías lo que acabas de contarme a mí.

–¡Lo vi! ¡Vi al asesino! Me crucé con él anoche, justo antes de cerrar el templo. ¡Oh, Señor! ¡Pasó a mi lado, a esta distancia! –explicó el sacristán, atropelladamente, abriendo los brazos.

–¿Está usted seguro?

El hombrecillo sudaba copiosamente.

–Tenía que ser él. Yo pensé que era el padre Álvaro porque tenía el último turno de confesiones y llevaba puesta su ropa.

–¿No visten igual todos los sacerdotes?

–Bueno, sí, claro, pero las sotanas se distinguen unas de otras. Más viejas, más nuevas, más ligeras... El padre Álvaro las lleva siempre impecables. Las llevaba. En fin, que yo di por sentado que era él. Lo saludé y me hizo un gesto de despedida.

–¿Pudo verle la cara?

–No. Llevaba una bufanda. ¡Claro! La bufanda del padre Álvaro. Por eso pensé que era él. Se había tapado con ella la nariz y la boca.

–Pero le vería los ojos.

–Uf..., estaba ya muy oscuro. Pero sí le vi el pelo, peinado hacia atrás, con gomina. Como el padre Álvaro, que en paz descanse. Aunque, ahora que lo pienso, tenía más frente y las entradas mayores que el padre Álvaro.

–Mediana edad, entonces.

–Sí, seguramente. No lo sé.

–¿Y la estatura? –intervino Navarro.

–Eso sí. Como el padre Álvaro. Ya les digo que lo confundí con él. Llevaba puesta su ropa y..., le sentaba bien. ¡Ah! Y un maletín.

–¿Qué clase de maletín?

–Un portafolios grande, de cuero negro. Eso me tenía que haber hecho sospechar, porque al padre Álvaro nunca le he visto llevar un maletín así. También llevaba un bulto colgado del hombro. Una mochila o un petate.

En ese momento, oyeron fuera cierto revuelo y los cuatro hombres se asomaron a la nave del templo. Varios de los infanticos, niños cantores de la escolanía del Pilar, corrían entre gritos y aspavientos, agitando sus hábitos rojos y blancos.

–¿Qué pasa aquí? –se preguntó el Cabildo–. ¡Muchachos! ¿Qué comportamiento es este?

De entre el grupo de infanticos se separó un sacerdote, que corrió hacia los policías con los ojos desorbitados.

–¡Vengan! ¡Vengan ustedes, por favor! ¡Es horrible! ¡Horrible!

–¿Qué ocurre, padre Santos?

–¡Iba a entrar con los infantes en el coro cuando lo hemos visto! ¡Santo Dios, qué atrocidad!

Con el pulso acelerado, Navarro, Felices, Fonseca y el cabildo siguieron al padre Santos hasta el coro, donde descubrieron el cuerpo de Maite atado al reclinatorio, vacíos los ojos, los brazos en cruz, su cuello atravesado por un reluciente punzón de matarife.

Y a los pies del facistol, una muñeca de porcelana.

Un punto en común

A mediodía de esa misma mañana, el comisario Petrel convocó reunión del grupo de investigación al completo.

Felices, Navarro, los cuatro mosqueteros y yo aguardábamos a nuestro superior en una de las salas de interrogatorios, reconvertida en despacho de trabajo. Ninguno hablaba, pues todo estaba dicho, y sabíamos que la reunión sería tensa y que sobre nosotros, los situados en el último peldaño de la cadena de mando, se iba a precipitar la crispación que, como una bola de nieve, crecía en peso, tamaño y velocidad conforme iba descendiendo desde las altas esferas.

Sin embargo, la información que Petrel nos transmitió tras cerrar la puerta y tomar asiento superó nuestras peores expectativas.

–Señores, me acaban de confirmar que la muchacha que ha aparecido muerta esta mañana en el templo del Pilar..., es una de las hijas del alcalde.

Armas y Quintanilla se llevaron las manos a la cabeza. Los demás manifestamos nuestra desolación de muy diversas maneras, casi todas ellas verbales y de una grosería rayana en lo procaz. No era para menos.

–Quiero saber qué tenemos hasta ahora –continuó el comisario, cuando cesaron nuestros improperios, dirigiéndose al jefe Felices.

–Poca cosa –reconoció este–. Suponemos que se trata de un asesino que no había actuado hasta ahora. Caucásico, de pelo moreno escaso por delante y mediana edad, en torno a los cuarenta años, quizá. Metro setenta y cinco de estatura, aproximadamente. Ojos marrones. Calza un cuarenta y dos. Es muy probable que sea o haya sido matarife; por la forma de matar y por el hecho de que utiliza con sus víctimas un anestésico veterinario. Y, según parece, elige víctimas jóvenes, hijos de familias notables o influyentes.

–Salvo el cura, que era de familia humilde –aclaró Navarro.

–El cura no cuenta –aseguró Felices–. Está claro que el sello del asesino es el punzón de matarife y la muñeca de porcelana. El cura ha muerto porque le estorbaba o porque su muerte formaba parte del plan para acabar con la chica. Es muy posible que el asesino ocupara el lugar del sacerdote durante el último turno de confesiones. Todo parece indicar que había preparado meticulosamente el crimen. Se movió por la sacristía y el coro sin miedo a ser descubierto. Seguramente, llevaba semanas siguiendo a la chica y al padre Álvaro. No dejó nada al azar.

–¿Qué hay de los clavos de matarife y de las muñecas de porcelana? –preguntó el comisario.

–Los clavos son idénticos, sin estrenar, de la marca Echegoyen –informó de nuevo Manuel Felices–. Aquí solo los tienen en Drogas Alfonso y en la ferretería de Julio San Martín. No recuerdan haber vendido ninguno recientemente, así que el Matarife los debió de comprar hace tiempo y, posiblemente, en otra ciudad. Las muñecas son diferentes: distinta marca, distinto tamaño; pero las dos llevan un mecanismo que imita el llanto de un bebé.

–Bien. ¿Alguna idea? –preguntó Petrel, tras una pausa–. Algo que pueda contarles a los familiares de las víctimas para convencerlos de que estamos dando pasos para descubrir al asesino de sus hijos.

Felices nos miró a los demás en demanda de ayuda. Como no se la prestamos, tuvo que continuar por sí solo.

–Debemos centrarnos en los tres chicos muertos, descubrir cuáles son sus puntos en común para tratar de establecer el patrón que guía al Matarife. Yo he señalado: hijos de padres importantes, edades similares, aunque no idénticas..., y poco más, esa es la verdad.

Yo no había despegado aún los labios, pero en ese momento decidí alzar la mano izquierda, como haría un alumno aplicado que quiere preguntar algo a su profesor.

–Adelante, Goitia –dijo Petrel, en cuanto se percató de mi gesto.

Carraspeé para aclarar la voz.

–¿Alguien puede decirme si la chica muerta en el Pilar era hija primogénita?

Mis compañeros se miraron entre sí, un tanto descolocados, mientras el comisario consultaba el dato entre sus papeles.

–En efecto, así es –me respondió, finalmente–. La mayor de cinco hermanos, según dice este informe. ¿Por qué lo preguntas?

–Porque..., los dos chicos asesinados en el parque grande también eran los primogénitos de sus respectivas familias.

Todos mis compañeros se removieron, inquietos, en sus asientos. Estaba claro que ninguno de ellos se había percatado de esa circunstancia.

–¿Te parece un detalle importante? –me preguntó Felices.

–¿A usted no?

–Sinceramente, no lo creo. Puede ser simple casualidad. Seguro que hay muchas otras coincidencias irrelevantes.

–¿Irrelevantes? –pregunté–. ¿Qué considera usted irrelevante?

–Probablemente, las tres víctimas eran diestras. Tal vez, los tres estuviesen operados de amígdalas, que es algo muy común en estos tiempos. Pero ¿el asesino los eligió por eso? ¿Los mató por eso? No lo creo.

Me alcé de hombros aceptando en apariencia la negativa.

–Sí, claro. Puede tratarse de una maldita casualidad. O tal vez no. Podemos esperar a que el Matarife se cargue a un par de chicos más para comprobar mi teoría. Por mí, no hay problema.

Mis últimas palabras crearon un silencio tenebroso. El comisario me miraba con el ceño fruncido. Decidí rematar.

–Ah, por cierto: ignoro lo de las operaciones de amígdalas, pero sí sé que la hija del rector Calamonte era zurda.

A estas alturas, mis siete colegas me miraban ciertamente perplejos. Fue el comisario Petrel quien volvió a hablar, tras superar la estupefacción.

–De modo que..., tienes una teoría.

–No pasa de ser una mera hipótesis, pero..., a falta de otra cosa, quizá merecería la pena tenerla en cuenta.

–¿Qué teoría es esa? –me interrumpió Felices, visiblemente nervioso por mi actitud.

–La décima plaga.

–¿De qué demonios hablas?

–El Antiguo Testamento: el faraón no permitía a los hebreos abandonar Egipto para ir en busca de su tierra prometida, así que Yahvé, por medio de Moisés, envió, una tras otra, un total de diez plagas. El faraón no dio su brazo a torcer hasta la última. La décima plaga supuso la muerte de todos los primogénitos egipcios.

La expresión de Felices se había suavizado.

–¿Crees que ese tipo está matando primogénitos?

–No es que yo lo crea. Hasta ahora, es precisamente lo que ha hecho. Aunque, claro, aún no sabemos si esa era su intención.

–Quizá pretenda ser Moisés reencarnado –apuntó el subinspector Dávila–. O una especie de ángel exterminador que cumple una misión divina.

–Y ¿qué pretende? ¿Matar a todos los primogénitos de España? ¿O solo a los de Zaragoza?

Fue Felices quien replicó a las capciosas insinuaciones de Quintanilla.

–Menos bromas, Constantino. Ese tipo está mal de la cabeza, pero no es estúpido. Muy al contrario, parece inteligente y meticuloso. Seguro que tiene un propósito y que lo cumplirá si no se lo impedimos.

–Difícilmente podremos detener sus planes si ignoramos cuáles son –valoré–. Tenemos que averiguar qué relación unía entre sí a las víctimas. Por qué el Matarife los eligió. Si lo descubrimos, quizá podamos evitar otras muertes.

Ahora fue el comisario Petrel quien intervino.

–Si damos por bueno que elige a sus víctimas por ser los primogénitos, la relación no hay que buscarla entre los chicos sino entre sus familias. ¿Qué tienen en común los padres de las tres víctimas?

–Gente importante –aventuró Delapuente–. Prohombres de la ciudad: el alcalde, el rector de la universidad...

–Demasiado vago –consideró Felices–. Y el padre del chico muerto no encaja bien en el modelo. Es profesor y también empresario de cierto éxito, pero no lo que llamaríamos un pilar de la sociedad. Desde luego, no parece comparable a los otros dos.

Decidí levantar de nuevo la mano. Comprobé con satisfacción que todos se aprestaban a escuchar mis palabras.

–El caso es que ayer estuve dándole muchas vueltas precisamente a eso. Encontré un punto común entre los señores Calamonte y Granadella. Y lo cierto es que el excelentísimo alcalde encaja en el modelo. Empecé a pensar en ello cuando, la tarde del entierro, vi que, a las puertas del cementerio, esperaban dos coches oficiales.

Aquí opté por realizar una deliberada pausa que rompió Felices de mal talante.

–¡Suéltalo de una condenada vez, Germán, por Dios!

Me encantaba la situación. Sonreí antes de seguir hablando.

–Los padres de los tres chicos muertos son procuradores en Cortes –dije.

La afirmación provocó desconcierto y parpadeos en el grupo.

–¿Estás seguro? –preguntó Petrel.

–Lo estoy. Según la ley de las Cortes Españolas tienen derecho a escaño, entre muchos otros, los alcaldes de todas las capitales de provincia y los rectores de las universidades, mientras ostenten el cargo. Pero hay también dos representantes de cada uno de los colegios profesionales. Y Granadella fue elegido el año pasado representante nacional del Colegio Oficial de Veterinarios.

El comisario Petrel se puso en pie, con la mirada enfocando lejos, a un punto situado más allá de las paredes.

–De modo que, según tu hipótesis, ese tipo estaría matando a los primogénitos de los procuradores en Cortes. ¿Y por qué motivo?

Me encogí de hombros.

–Eso ya no lo sé, comisario.

–Pero tiene sentido –me apoyó Felices, inesperadamente–. No cabe duda de que los procuradores en Cortes forman un colectivo con gran significado. Representan muy bien la casta política creada por el general Franco.

–Cuidadito con lo que dices, Felices –le advirtió Petrel–. Y te recuerdo que Franco es generalísimo, no general. ¡Generalísimo!

–No se ponga quisquilloso conmigo, comisario. Lo importante es que, si Goitia tiene razón, ya tenemos algo con lo que empezar a trabajar. Quizá no estemos más cerca de atrapar a ese monstruo, pero quizá sí sepamos a quiénes debemos proteger.

–Todo esto no es más que una suposición –recordó Delapuente.

–Pero nos permite iniciar una nueva línea de actuaciones y cambiar la imagen de que estamos de brazos cruzados –resumió Petrel–, así que vamos a ello. Hay que averiguar de inmediato cuántos procuradores en Cortes viven en Zaragoza y, de esos, cuántos tienen hijos. Proteger a sus primogénitos será nuestra prioridad. ¡En marcha!

–Y en marcha nos pusimos, de inmediato. En apenas un par de horas reunimos la información necesaria. Averiguamos que eran diecisiete los procuradores con residencia en Zaragoza, incluidos los padres de las víctimas. Quince de ellos tenían, al menos, un hijo. Mientras Armas y Dávila, que formaban equipo con Navarro, continuaban indagando sobre la identidad y el paradero del Matarife, Quintanilla, Delapuente y yo nos pusimos al frente del operativo creado para proteger a los chicos. El rango de edades entre las posibles víctimas no era muy amplio. Iba de los diez años de Maricruz Escolano, a los veintiuno de Purificación Galán, la primogénita de Marcos Galán, procurador elegido por el tercio sindical. Solo rompía la media Gustavo García-Otal, un tipo de unos treinta años que, por supuesto, ya no vivía con sus padres. A este, decidimos dejarlo fuera pero, descontando a los tres muertos, seguíamos manejando una larga lista de once candidatos a víctimas del Matarife.

–Tiene usted una memoria prodigiosa, señor Goitia –comentó el inspector Arcusa–. Sobre todo, teniendo en cuenta que ha pasado medio siglo de todo aquello.

–Hay cosas que no se olvidan, por mucho que uno viva. Sin embargo, no me pregunte qué cené anoche, porque no me acuerdo.

El policía lanzó una carcajada.

–No se preocupe. Me importa medio bledo lo que cenó anoche. Esto, en cambio, cada vez me interesa más. Siga, por favor.

Germán Goitia sonrió, satisfecho.

–Como les decía, la mayoría de aquellos chicos y chicas eran adolescentes y llevaban vida de estudiante, llena de rutinas, lo que facilitó su vigilancia y seguimiento por parte de los efectivos que se nos asignaron para ello.

–Sin embargo –intervino De la Calva–, llevar una vida rutinaria es lo peor para quien está amenazado. El agresor puede establecer con facilidad un plan de ataque.

Goitia asintió, con pesadumbre.

–Tiene usted razón, inspector. No fuimos lo bastante listos como para alterar las costumbres cotidianas de los chicos. Durante los primeros dos días, todo fue bien. El caso es que nos confiamos..., y lo pagamos caro. En esos dos días, la investigación apenas avanzó, pese a que se detuvo a un total de cinco personas que levantaron las sospechas de alguno de los agentes del operativo. Aunque nada se les pudo probar, estuvieron retenidas en dependencias policiales y sometidas a interrogatorio por el tiempo máximo que permitía la ley. Pero al tercer día..., el ángel exterminador desenfundó de nuevo su espada.

AGM

Al coronel Maroto no hubo forma de convencerlo de que permitiese a la policía desplegar en torno a su casa el operativo de protección diseñado para los hijos de otros procuradores en Cortes. Él consideraba que vivir en el interior de la Academia General Militar y disponer de doscientos soldados armados bajo sus órdenes –sin contar los cadetes estudiantes– garantizaba de modo absoluto su propia seguridad y la de su hijo. Decidir otra cosa habría resultado ofensivo para sus hombres.

Marcial Maroto comandaba la unidad militar ubicada en la Academia, a la que prestaba logística y servicios, y vivía en uno de los pisos de la residencia de jefes. Su esposa había fallecido de cáncer quince meses atrás y, desde entonces, compartía la vivienda únicamente con su hijo Celso, estudiante de sexto curso de bachillerato en el Instituto Goya.

Aquella tarde, como todas las tardes de los días lectivos, Celso regresó del instituto en uno de los tranvías articulados de la línea 10, que tenía su final a unos metros de la puerta de la Academia General Militar. Con él, además de varios militares, se apearon el inspector Navarro y otro policía de paisano, el agente Gamón. Caminaron ambos junto al chico hasta la puerta del acuartelamiento.

–De aquí no podemos pasar, ya sabes –le dijo el inspector deteniéndose ante el control de entrada–. Ahora estás en manos de los hombres de tu padre.

Celso se volvió hacia los dos hombres, sonrió y alzó una mano en señal de despedida.

–Gracias, señores. Hasta el lunes.

–¿No vas a bajar mañana a la ciudad? –le preguntó Navarro.

–No, no saldré. Tengo mucho que estudiar. Que pasen ustedes un buen domingo.

Soplaba un cierzo inclemente. El cabo de guardia conocía de sobra al chico y le dio paso con un saludo militar. Los policías, las manos en los bolsillos del abrigo, contemplaron cómo el muchacho se alejaba camino de su casa.

–¿Sabe, inspector? Tengo una mala sensación –murmuró Gamón, mirando alejarse a Celso.

–No sé por qué –replicó Navarro–. Yo creo que, de todos los chicos que vigilamos, es el que puede sentirse más seguro. ¿Quién intentaría colarse aquí dentro para cometer un crimen? Hay tipos con fusiles ametralladores vigilando desde garitas elevadas. ¿Cómo se puede superar eso?

–Sí, ya, ya..., pero no puedo evitarlo. Miro a ese chico y lo veo como..., indefenso.

Navarro se echó a reír.

–Pero, macho, eso es otra cosa. Lo que ocurre es que el chavalín es un floro.

–¿Eh?

–¡Un afeminado, coño! ¿Es que no has visto el ramalazo que tiene? Anda, que si yo fuera su padre...

–Si usted fuera su padre, ¿qué?

Navarro carraspeó.

–¡Se iba a enterar el capullito de rosa! Para empezar, ya lo habría llevado al médico.

–Ah, sí..., he leído que, en los Estados Unidos, eso lo curan con corrientes eléctricas.

–¡Pues aquí, en España, con un par de hostias bien dadas! –afirmó Navarro, tras chasquear la lengua con asco–. Anda, vámonos...

Justo en ese instante, el tranvía en el que habían llegado hizo sonar la campana e inició la marcha.

–Vaya, tendremos que esperar al siguiente –dijo Gamón.

–¡De eso, nada! –exclamó Navarro.

Sacó su placa y, con ella en la mano, echó a correr tras el tranvía. Viendo que no reducía la marcha, el inspector desenfundó su pistola y efectuó dos disparos al aire. Al oír las detonaciones, un sargento, dos cabos y ocho soldados salieron en tropel del cuerpo de guardia. El conductor del tranvía, por su parte, clavó frenos mientras el cobrador, blanco como el papel, abría la puerta trasera del vehículo para que Gamón y Navarro saltaran a bordo.

–Disculpen, señores –balbuceó el tranviario–. No les había visto.

–¡Bah! No es nada, macho –respondió Navarro, enfundando el arma y guardando la placa–. Habríamos subido en marcha, pero como estos tienen puertas automáticas necesitaba llamar tu atención. Pero seguid, seguid, no vayáis a coger retraso por nuestra culpa.

El cobrador, aún pálido como un oficinista noruego, oprimió el pulsador de un timbre que sonó en la cabina delantera y el tranvía arrancó de nuevo.

Cuando Celso oyó los disparos a lo lejos, se detuvo y prestó atención. Como no ocurrió nada más, reanudó su camino. En los cuarteles, de cuando en cuando, se oyen disparos. Es normal, pensó.

Pasó por la cantina de oficiales, donde pidió al camarero –un soldado de reemplazo de su misma edad– un bocadillo de jamón y una zarzaparrilla, lo que constituía su merienda más habitual. Comió en el propio bar, en una mesa apartada, de espaldas a un rincón. Acodado en la barra, estaba el subteniente Paco Álvarez, un chusquero que no tenía derecho a estar allí. Pero era un broncas, a esas horas de un sábado no había otros clientes y el camarero hacía la vista gorda. Álvarez iba ya por su tercer coñac.

Al terminar Celso el bocadillo y la zarza, eran casi las siete de la tarde y la noche se había cerrado. Menguaba el cierzo y, a cambio, se echaba la niebla sobre Zaragoza, como un sudario húmedo y blancuzco. Cuando eso ocurría, el primer lugar en que aparecía era allí, en San Gregorio, el campo de maniobras militares más grande de España, situado a espaldas de la academia.

Al salir de la cantina, Celso cruzó en diagonal la explanada sur, un patio de armas grandísimo en el que todos los hombres de la guarnición y todos los cadetes y alféreces estudiantes formaban cada mañana tras el toque de diana y cada noche tras el de retreta.

Ahora, el patio estaba desierto y apenas iluminado. La niebla avanzaba como un enorme fantasma, atravesando las alambradas, cubriendo las garitas de vigilancia, sigilosa, invadiéndolo todo.

Cerca ya de la fachada principal de la residencia de jefes, Celso se detuvo en seco y miró a su espalda. Había tenido la incómoda sensación de que alguien lo seguía. Y aunque no distinguió a nadie entre la bruma, lejos de tranquilizarse, sintió cómo se le erizaba la piel. Apretó los dientes, se repitió a sí mismo que resultaba estúpido sentir temor en un lugar como aquel, y se propuso llegar hasta su portal sin ceder a la tentación de «echar a correr como una nena», que habría dicho su padre, el coronel.

Lo logró a duras penas.

Una vez dentro del patio de la casa, sí subió a la carrera los cuatro largos tramos de escalones y abrió nerviosamente su puerta, asegurada con dos vueltas de llave.

Al entrar, encendió todas las luces del piso y también puso en marcha la radio, una Biennophon de fabricación suiza, de la que su padre estaba ridículamente orgulloso. Le tranquilizaba escuchar la voz del locutor anunciando jarabes para la tos o alguna canción de Joselito.

La vivienda era grande, triste, castrense, de techos altos y armarios empotrados, con puertas de madera pintadas de blanco, que cerraban mal.

Celso no se sentía a gusto en aquella casa. Solo ellos vivían en esos momentos en la residencia de jefes, y ocupaban el piso izquierdo de la segunda planta. Allí había muerto su madre, el pasado año. El resto del edificio permanecía vacío. Y. sin embargo, la casa era asombrosamente ruidosa, como si estuviera habitada por los fantasmas de todos sus antiguos inquilinos, incluidos dos comandantes y un teniente coronel que se habían volado la tapa de los sesos en tiempos no muy lejanos.

Después de unos minutos de anuncios publicitarios y cancioncillas, ya algo más tranquilo, Celso fue apagando las luces, con un cierto sentimiento de vergüenza. Luego, apagó también la radio y fue a su habitación. Encendió la estufa catalítica, extendió sobre la mesa libros, pluma y cuadernos y se dispuso a hacer los deberes. Aunque disponía para ello de todo el domingo, prefería quitárselos pronto de en medio y disponer así de tiempo para leer, su afición favorita. Un compañero de clase le había prestado un ejemplar de *Moby Dick* y estaba deseando zampárselo.

Aunque no enseguida, Celso logró por fin concentrarse en el trabajo. Siempre se sentaba frente a la ventana, mirando hacia el patio sur. A las diez de la noche, con el toque de retreta, el paisaje cambiaría por completo, se encenderían los focos y todos los hombres al mando de su padre formarían allí para pasar lista, escuchar la orden del día y asignar los servicios de la jornada siguiente. Ahora, sin embargo, solo unas luces lejanas marcaban el perímetro de la explanada sobre la que la niebla seguía espesando poco a poco.

Veinte minutos después, al alzar la vista del libro de matemáticas, Celso dio un respingo. La niebla se había vuelto puré de guisantes. La humedad era tan intensa que lloraban los cristales. La lejana luz de las farolas aportaba un resplandor lejano, plateado, espectral...

El hijo del coronel permaneció como hipnotizado, mirando la niebla –que era como mirar la nada– durante un largo rato.

Por fin, sacudió la cabeza y estaba a punto de volver a sus tareas cuando le pareció distinguir una silueta caminando por el patio. Intrigado, se aproximó a la ventana. El reflejo de la luz del flexo, sin embargo, dificultaba la visión; y cuando apagó la lámpara, la oscuridad exterior pareció volverse al instante metálica y palpable. Como un muro.

Entre esa luminosa oscuridad, Celso creyó entrever, de nuevo, una sombra acercándose hacia la casa. Sintió caracoles vivos paseando por su estómago.

De pronto, tuvo la imperiosa necesidad de comprobar si había echado el cerrojo al llegar de la calle. Salió corriendo de su cuarto y al llegar al vestíbulo se le erizaron los pelillos de la nuca. El cerrojo estaba abierto; y la puerta, también.

Celso sintió que el miedo le secaba la boca. Estaba seguro de haberla cerrado al entrar, pero era una puerta vieja, con una vieja cerraja, en un piso viejo. El pestillo no encajaba bien y, si no se echaba el cerrojo, en ocasiones se abría sola, empujada por las corrientes de aire. O quizá por los espectros de esos militares suicidas que, seguro, seguro, habitaban los pisos vacíos del edificio.

–Maldita sea –susurró el chico.

Empujó con decisión la hoja de madera, hasta sentir el sonido del resbalón encajando en su alojamiento. Estaba a punto de correr el cerrojo cuando oyó un llanto. Lo oyó fuera, en la escalera, en algún lugar de la escalera; en otro rellano, quizá. Pero nadie más vivía en la residencia. Su padre y él eran los únicos ocupantes de la casa, aunque, bien era cierto, en cualquier momento y sin previo aviso podía llegar un nuevo vecino. En ocasiones, los mandos de unidades que venían a realizar maniobras en San Gregorio se instalaban allí por unos días.

El llanto se repitió. Una vez. Dos.

Celso retrocedió. Luego, sin saber por qué, se acercó a la puerta y la abrió. El miedo se había apoderado de él y le obligaba a actuar de forma irracional. Avanzó un paso, adentrándose en el rellano oscuro.

–¿Hay alguien ahí?

Sus palabras se prolongaron en un eco que rebotó por el hueco de la escalera. Aguardó unos segundos. Estaba a punto de regresar a casa cuando lo oyó de nuevo. El llanto de un niño. De un bebé, quizá. Un llanto raro, sincopado, monótono. No había duda de que el sonido llegaba desde arriba. Avanzó más, hasta el centro del descansillo, y encendió la luz de la escalera. Cuatro bombillas desnudas y tristes, una por cada planta, se desperezaron en un fulgor pobre y amarillento. La llegada de la luz, lejos de tranquilizar a Celso, creó sombras inquietantes que lo asustaron más. La angustia le oprimió el pecho.

El llanto seguía, de cuando en cuando.

–¿Quién está ahí? –preguntó Celso, mirando hacia lo alto, procurando que no le temblase la voz–. Hay un bebé que está llorando. ¿Puede ir alguien a ver qué le ocurre?

Las preguntas de Celso quedaron sin respuesta. Sin saber por qué, empujado por una fuerza irracional, decidió subir. Muy despacio. Sin ruido. Apoyando los pies con cautela en cada peldaño; intentando no pesar. Llegó al tercer piso y el llanto se hizo más nítido. Ya no le cupo duda de que provenía de la planta superior, del último rellano. Empujado por el miedo, subió los últimos tramos de escalones a la carrera. A falta de cinco peldaños se detuvo. Ya tenía a la vista el descansillo del cuarto piso.

Y había en él algo inusual.

¿Qué era? ¿De dónde había salido?

Una especie de canastilla de mimbre, un moisés del que sobresalían algunas piezas de tela rematadas con encajes de ganchillo. Aquel era el origen del llanto, sin duda.

Celso decidió acercarse. Justo en ese instante, se apagó la luz de la escalera. La oscuridad pareció caerle encima con la contundencia de un piano de cola. Tropezó con el penúltimo escalón, golpeándose dolorosamente la espinilla. Avanzó entonces a gatas, hasta la pared del fondo. La palpó ansiosamente en busca del interruptor. Cuando regresó la luz, Celso tenía casi a sus pies la canastilla de mimbre. Y, en su interior, una muñeca de porcelana con los labios muy rojos y los dos ojos rotos. Dos boquetes pequeños, de bordes quebrados, que transformaban aquella cara de muñeca pepona en el rostro de la maldad. O algo parecido.

El sobresalto del chico fue tan grande que retrocedió trastabillando hasta caer de espaldas al suelo, se golpeó la cabeza contra el suelo y perdió el conocimiento.

Al despertar, ignoraba cuánto tiempo había transcurrido. Podían ser varias horas, algunos minutos o quizá solo unos segundos. La luz se había apagado pero Celso no pretendió encenderla de nuevo. A rastras, palpando el suelo con las manos, buscó el arranque de la escalera y comenzó a descender a gatas hacia su piso.

Cuando llegó, jadeante, se aseguró de cerrar bien la puerta, echó el cerrojo y corrió a su cuarto. Consultó su reloj. Solo habían pasado unos minutos.

Todavía a oscuras, a través de la ventana, escudriñó la niebla con desesperación, en busca del intruso; pero no vio nada porque nada había. Sin dejar de mirar a la nada, se fue calmando. Poco a poco, los latidos de su corazón recobraron su ritmo habitual.

Entonces, al tentón, buscó el interruptor de su flexo.

Cuando se encendió la luz, vio su propia cara reflejada en el cristal de la ventana como en un espejo oscuro. Pero también otro rostro, a su espalda.

Celso intentó gritar, pero ya no tuvo tiempo.

Estefanía intentó gritar, pero ya no tuvo tiempo.

Una mano enorme le tapó la boca mientras se secaba con la toalla. Un abrazo poderoso le rodeó el cuerpo, inmovilizándola. Intentó aspirar una bocanada de aire, pero no lo logró. La invadió el terror. Supo que iba a morir y que nada podía hacer por evitarlo. Sintió ganas de llorar, rabia y odio. Trató desesperadamente de liberarse. Intentó morder la mano que la amordazaba, pero solo consiguió que, con los dedos pulgar y corazón, le apretase los pómulos tan fuerte que el dolor la enloqueció. Se le aparecieron fugazmente los rostros de su madre, su padre y sus dos hermanos. Al mismo tiempo, se vio a sí misma en cinco instantes de su vida, de su corta vida. La toalla cayó a sus pies. Después, murió.

Tenía catorce años.

–El día siguiente, como ustedes comprenderán, fue una verdadera locura.

–¿El Matarife mató a dos chicos en una sola noche? –preguntó De la Calva.

Germán hizo un gesto ambiguo con la mano.

–Por ahora, dejémoslo en que esa noche murieron dos chicos que no tenían que haber muerto. Por cierto, inspector..., ¿cree que la enfermera Dolores accedería a traernos un par de tazas de café? Pídaselas usted, haga el favor, que a mí no me hace el menor caso.

De la Calva cruzó con Arcusa una mirada, tras la cual el inspector alto se dirigió a la puerta de la celda.

–Continúe, Germán –dijo el otro.

Un plan ingenioso

La muerte de Celso Maroto y de Estefanía Sanchís puso en marcha todas las alarmas que aún no se habían encendido. El jefe superior de policía, Indalecio Rocamora, convocó esa mañana –la del día ocho, domingo– una reunión urgente con el equipo operativo, compuesto por el comisario Petrel, el inspector jefe Felices, Navarro y yo.

Cuando entramos en su despacho, a Rocamora se le veía congestionado, como si estuviese al borde de la apoplejía.

–¿Qué carajo está pasando aquí, señores? –bramó, a modo de saludo–. Tengo a toda la policía de Zaragoza desplegada en el mayor operativo que se ha montado jamás por estas tierras y, en una sola noche, ese malnacido se carga a dos de nuestros protegidos. ¡A dos! ¿Cómo es posible? Desde luego, si lo que pretendía era dejarnos en ridículo, lo ha conseguido plenamente. ¡Esto es intolerable!

El comisario Petrel alzó las manos.

–A ver, Indalecio, no cedamos al pánico y vamos a poner las cosas en su sitio. Para empezar, al hijo del coronel Maroto lo mataron dentro del acuartelamiento de la academia. Allí, los responsables de la seguridad eran los militares. No es cosa nuestra.

–¡Menudo alivio! –exclamó el jefe superior, con marcado sarcasmo–. De los cinco asesinatos, solo nos corresponden cuatro. ¡Estupendo!

–Eso, sin contar el cura que también apareció muerto en el Pilar –recordó Navarro–. En realidad, son cinco de seis.

–En efecto. Aunque ese cura, al menos, no tiene padres ilustres que puedan telefonear a su excelencia el generalísimo –mascculló Rocamora–. ¡Maldita sea mi estampa...! Esto es una condenada pesadilla. ¡Y, ahora, sentaos de una puñetera vez!

Nos acomodamos los cuatro frente a la mesa del jefe superior, que tenía el tamaño de una pista de bolos.

–Por cierto, Indalecio –dijo Petrel, de inmediato–, los militares quieren investigar por su cuenta la muerte del hijo del coronel porque dicen que ocurrió en su jurisdicción.

–Muy bien. ¿Y qué?

–Pues que sin los datos de su investigación, ni siquiera podemos asegurar que los dos crímenes de esta noche hayan sido obra del mismo asesino.

–¡Pues claro que es el mismo, Antonio, claro que es el mismo, no digas cosas raras! Resulta evidente. Los dos fiambres tenían un clavo de matarife metido en la nuca. ¿Qué más quieres? ¿Qué nos deje su firma autógrafa?

–Pero..., dos asesinatos en la misma noche, en lugares tan distantes y ambos con vigilancia..., parece algo casi imposible.

–Mira, ese tipo será un hijo de la gran perra y estará mal de la cabeza, pero nadie duda de que es muy listo. La prueba es que tras seis asesinatos, incluido el del cura, no ha dejado ni un solo rastro que nos sea útil. ¿No es así?

–Ya, pero lo de esta pasada noche parece del circo Atlas: más difícil todavía. ¿Cómo pudo matar al hijo del coronel en la academia, entre las siete y las ocho, y, apenas hora y media más tarde, acabar con la hija de Sanchís en el baño de su propia casa..., ¡mientras dos de nuestros hombres vigilaban la vivienda!

–En realidad, en el momento del crimen solo estaba yo en la casa –reconocí–. Delapuente había salido a cenar. La chica quería darse un baño y me aseguré de que el cuarto estaba vacío antes de que ella entrase. Cuando vimos que tardaba en salir más de la cuenta..., ya era tarde.

–¿Ya sabemos cómo demonios lo hizo? –preguntó Felices.

–Aún estamos en ello –informé–. Parece ser que entró por una ventana desde el patio de luces.

–Pero, macho, es que tendrías que haberla vigilado mientras se bañaba –dijo Navarro, sonriendo.

–¿Te parece que es momento de bromas soeces? –le recriminó Felices.

–Lo digo en serio, jefe. Es lo que yo habría hecho.

–Cierra la boca, anda.

–Bueno, bueno... Pero, conmigo, la chica seguiría viva.

Se produjo un silencio incomodísimo, que rompió Petrel.

–Si pudiésemos comparar las dos investigaciones, la de este caso y la de los militares, quizá podríamos..., no sé, llegar a alguna conclusión o hallar una pista. ¡Es que no tenemos nada todavía!

–De acuerdo –aceptó Rocamora–. Le diré al gobernador civil que hable con el gobernador militar para que sus hombres colaboren con nosotros. A ver si quieren. ¿Qué más tenemos? Porque tendremos algo más, supongo.

Petrel miró de reojo a Felices para ver si lo sacaba del apuro. El inspector jefe bajó la vista, dejando con el culo al aire al comisario, que tiró por donde pudo.

–Bueno..., con los dos crímenes de anoche, creo que se confirma plenamente la hipótesis del inspector Goitia. El Matarife está liquidando a los primogénitos de los procuradores en Cortes de nuestra provincia. Como en la maldita plaga de la Biblia. Ahora ya parece indudable que esa es la relación que une a las víctimas: cinco de cinco. En este caso, el cura no cuenta. El padre Álvaro fue una víctima colateral.

–Muy bien. Y ¿en qué nos ayuda eso? –preguntó el jefe superior–. Que yo sepa, ya trabajábamos sobre la hipótesis del inspector Goitia y mirad cómo nos ha ido. Quiero nuevas ideas, señores. ¡Y las quiero ya!

Tras unos segundos de incómodo silencio, decidí pedir turno para hablar. Me dirigí directamente a Rocamora.

–Verá, jefe... En efecto, hasta ahora hemos jugado a la defensiva, a intentar proteger a las posibles víctimas..., y nos ha salido mal. Quizá tendríamos que tratar de ser más..., no sé, más imaginativos. Intentar tomar la iniciativa.

Mis compañeros me miraron de reojo. El jefe superior, en cambio, alzó las cejas.

–Explícate, anda... –me dijo, mientras apoyaba los codos en la mesa y el mentón sobre las manos entrelazadas.

–Verá... El asesino parece ser alguien conocedor de nuestros métodos. Tal vez se trate de un exmilitar, expolicía o algo similar. Por eso, necesitamos ir más allá. Actuar de una forma que se salga de los protocolos habituales.

–Hacer algo inesperado, en una palabra –resumió Petrel, como si la idea fuese suya.

–¿Por ejemplo? –insistió Rocamora.

El comisario me cedió la palabra con un gesto. Carraspeé para crear la máxima expectación.

–Tenemos todavía nueve probables víctimas. Vigilarlas en su vida cotidiana ya hemos visto que no sirve de mucho frente al Matarife. Sin embargo..., si las llevamos a todas, en secreto, a un lugar alejado de Zaragoza, podríamos protegerlas con más facilidad y mayor eficacia. Tal vez eso lo desconcierte y lo lleve a dar un paso en falso.

–¿Por qué en secreto? ¿Y por qué fuera de Zaragoza? –preguntó de inmediato el inspector Navarro–. ¡Vaciemos unas celdas de la cárcel de Torrero y encerremos allí a esos chicos hasta que atrapemos al Matarife!

Incluso el jefe Rocamora chasqueó la lengua con disgusto.

–No seas animal –le espetó a Navarro–. ¿Cómo vas a meter en la cárcel a unos chavales? Hijos de gente importante, además.

–¡Pero si es por su bien!

–¡Que no son maneras, te digo! ¡Y basta!

–Necesitamos la colaboración de esos chicos y de sus familias –intervine–. Tenemos que proponerles un plan que les resulte atractivo. Meter a sus hijos entre rejas no parece lo mejor, Carlos.

–Si tú lo dices... –concedió Navarro, de mala gana.

–En cuanto a lo de llevarlo en secreto –continué–, lo cierto es que me parece cada vez más importante. A la vista de la eficacia del asesino, estoy convencido de que cuenta con ayuda.

–¿De qué hablas?

–Yo diría que alguien de dentro le está proporcionando información.

Navarro, Felices y Rocamora se mostraron sorprendidos, pero no el comisario.

–Te refieres..., ¿a alguno de nuestros hombres? –preguntó Navarro–. ¡Pero macho, eso no puede ser!

–Puede que Germán tenga razón –admitió Rocamora–. También yo lo había pensado, porque es muy raro que ese tío burle nuestra vigilancia y se salga con la suya con tanta facilidad.

–Cambiaremos a todos los hombres –propuso Petrel–. Pediremos efectivos de relevo a Madrid...

–Espere, espere, comisario –le interrumpí–. Si el Matarife tiene un informador entre los nuestros..., quizá podamos utilizarlo en su contra. A eso me refería con lo de llevar nuestro plan en secreto.

Petrel y Rocamora intercambiaron una mirada. El jefe superior asintió levemente.

–Cuéntanos tu plan en detalle, Goitia –me pidió el comisario.

Navarro parecía perplejo. Felices, en cambio, me miraba con una media sonrisa en la boca. No había despegado los labios en toda la reunión.

Me dirigí directamente al jefe Rocamora.

–Uno: sacamos en secreto a todos los chicos de sus casas y los trasladamos a un lugar seguro. Pero solo nosotros cinco lo sabremos. El resto de nuestros hombres deben pensar que siguen en sus domicilios y mantener el operativo de vigilancia habitual.

–Pero se darán cuenta de que los chicos no acuden al colegio.

–Diremos que están enfermos, que han cogido la gripe, la escarlatina o lo que sea y deben guardar cama, lo que justificará que no salgan de sus habitaciones.

–¿No parecerá muy raro que todos enfermen a la vez?

–Eso no tiene por qué saberse. A cada equipo de vigilancia le diremos que el suyo es el único caso.

–Bueno..., puede que funcione durante un tiempo.

–¡Claro que sí! Y solo tiene que funcionar hasta que pillemos al Matarife.

–¿Y cómo piensas hacerlo?

–En las habitaciones de los chicos, también en secreto, situaremos agentes de confianza, venidos de Madrid o de donde sea. Si el Matarife actúa de nuevo, y estoy seguro de que lo hará, se encontrará con que su víctima no está donde él cree y, en su lugar, hay un agente de policía esperándolo para detenerlo o..., para acabar con él.

–¿Y si pasan los días y el Matarife no actúa? –preguntó Navarro.

–Al menos, ganaremos tiempo para seguir con la investigación por otras vías. Tal como están las cosas, conseguir que no muera ningún otro chaval ya será un éxito.

Petrel, Rocamora, Navarro y Felices intercambiaron miradas durante medio minuto. Fue este último quien rompió un silencio que ya amenazaba con arruinar la reunión.

–A mí, en principio, me parece un buen plan. Supongo que habrá que solventar algunas dificultades, pero, como dice Goitia, haremos algo inesperado y tomaremos la iniciativa. Personalmente, estoy harto de que sea el Matarife quien marque el ritmo de los acontecimientos.

Ahora, todos volvimos la mirada hacia el jefe Rocamora. La decisión era suya.

–De acuerdo, adelante –dijo, asintiendo, tras meditar unos segundos–. Pero recordad que esto no puede salir de estas cuatro paredes. Nadie debe conocer el plan más allá de nosotros cinco. Esa es la condición. A los chicos y sus familias les informaremos solo de lo que creamos imprescindible para obtener su colaboración.

–Hay un detalle que me intriga –dijo entonces Felices, volviéndose hacia mí–. ¿Ya has pensado a qué lugar podríamos trasladar a esos chicos?

–Lo cierto es que..., sí. Propongo Alhama de Aragón.

–¿Alhama de Aragón? –repitió Petrel, frunciendo el ceño–. ¿Te refieres a ese pueblo lleno de balnearios?

–Me refiero, precisamente, a uno de esos balnearios: las Termas Carriedo.

Termas Carriedo era, con diferencia, el balneario más lujoso de los varios con que contaba el municipio de Alhama de Aragón. Casi en el límite entre la provincia de Zaragoza y la de Soria, la finca Carriedo era enorme. Limítrofe con la carretera N-II y atravesada por su centro por el río Jalón y por la línea del ferrocarril de Madrid a Zaragoza, contaba entre sus instalaciones con un lujoso hotel de cien habitaciones y decoración *art nouveau,* un enorme parque con jardines y parterres de estética francesa, largos caminos de tierra flanqueados de álamos, dos pistas de tenis y una encantadora cafetería con terraza a la que todos llamaban «el casino». En el extremo del parque opuesto al casino se alzaba el panteón de la familia Carriedo, fundadores y propietarios del balneario. Se trataba de una construcción magnífica, de planta octogonal, con arcos ojivales y vidrieras multicolores, que recordaba más al cimborrio de cualquier catedral gótica que a un edificio funerario.

Cruzando el río Jalón por un puente metálico obra del ingeniero Eiffel, y tras pasar bajo la vía del ferrocarril, se accedía a la zona de la finca donde se concentraban las diversas instalaciones termales, incluida la Casa de la Cascada, un edificio de cinco plantas completamente hueco, cuyo interior albergaba únicamente una cascada natural de quince metros de altura. La neblina creada por el rompiente del agua producía una neblina altamente beneficiosa para las enfermedades pulmonares. Esa cascada y el resto de las instalaciones se nutrían del agua del lago, situado en la zona superior de la finca y que constituía la verdadera joya del balneario. Considerado el lago de agua termal más grande de Europa, incluía una isla artificial de ocho mil metros cuadrados a la que se accedía por un puente peatonal y que estaba dotada de playa de gravilla, vestuarios, vegetación exuberante, una colonia de aves palmípedas y un embarcadero en el que alquilar botes para la práctica del remo. Las aguas del lago permanecían durante todo el año a treinta y cuatro grados Celsius, sin importar lo más mínimo la temperatura ambiente.

–Alhama está lejos de la capital, pero sigue siendo provincia de Zaragoza –continué explicando– y, por tanto, jurisdicción de nuestra jefatura superior. La finca Carriedo tiene muy buen acceso desde la carretera de Madrid y también por ferrocarril, porque la estación del pueblo está en terrenos del balneario y en ella paran todos los trenes.

–Pero se trata de un establecimiento público frecuentado, sobre todo, por personas de edad que van a tomar las aguas –objetó Petrel–. Aparecer por allí con nueve adolescentes y montar un operativo de vigilancia policial causará molestias y resultará muy llamativo. Que es justo lo que menos nos interesa.

–No será así –repliqué, de inmediato–. El balneario Carriedo permanece cerrado todos los años, por descanso del personal, entre el Pilar y la Purísima, así que en estas fechas estaríamos solos. La discreción está garantizada. Podríamos alojar a los chicos en el hotel y dispondríamos de la finca y del lago para realizar actividades. Para ellos, sería casi como disfrutar de unas vacaciones de lujo.

–¿Y nos darán permiso los Carriedo para instalarnos en su finca? –se preguntó Navarro.

Ahí me encogí de hombros.

–No lo sé, pero si reciben una llamada del ministro de la Gobernación en persona, dudo que se atrevan a negarse.

–Yo me ocupo de esa gestión –prometió el jefe Rocamora– ¿Qué más, Goitia?

–Para mantener el secreto de la operación, lo mejor sería pedirle a la Guardia Civil, sin darles explicaciones, que establezcan sobre el balneario un dispositivo de vigilancia. Y habría que hablar con la RENFE para impedir que los trenes se detengan en la estación de Alhama de Aragón mientras permanezcamos allí.

—Me parece bien —aceptó de nuevo Rocamora, tomando notas en la hoja del día de su calendario de mesa.

—Ocuparíamos diez o doce habitaciones del hotel, las que por su situación nos parezcan más fáciles de controlar —continué—. De hacer las camas y limpiar, se podrían ocupar los propios chicos; y la Escuela Militar de Logística de Calatayud, que no está muy lejos, nos podría solventar las comidas.

—Vaya —dijo entonces Felices, con cierta sorna—, veo que lo tienes todo pensado.

—Espero que así sea. Me he informado en detalle. Antes de proponer algo, me gusta creer que he resuelto todos los posibles problemas. Más que nada, para no hacer perder el tiempo a los demás con ideas irrealizables.

—Ya veo, ya...

Lo cierto es que me desconcertaba la media sonrisa que exhibía Felices mientras hablaba conmigo.

—Creo que es un buen plan —resumió Rocamora—. Nos falta decidir quiénes acompañarán a los chicos.

—Si decidimos no confiar en nadie más que los aquí presentes, las opciones no son muchas —consideró el comisario Petrel—. Descartamos al jefe Rocamora, que tiene obligaciones ineludibles. Tampoco yo puedo dejar la dirección de la comisaría por tiempo indefinido. Así que solo quedáis vosotros tres.

—Quizá bastaría con uno de nosotros —propuse.

—Dos —me corrigió Petrel—, aunque, de esos dos, uno tendrías que ser forzosamente tú, Germán, que además de haber propuesto la idea y conocer bien el terreno, careces de cargas familiares.

Suspiré, simulando meditar la propuesta.

–Lo que usted ordene, comisario.

–Y entre Felices y Navarro..., no sé –admitió Petrel–. Habladlo entre vosotros o echadlo a suertes, lo que mejor os parezca.

El inspector Navarro carraspeó de forma intermitente, antes de hablar.

–Felices no tiene con quién dejar a su hija. En cambio, mi familia se puede pasar perfectamente sin mí durante unos días. Así que iré yo.

Felices bajó la mirada y calló. Era su forma de aceptar y agradecer el gesto del inspector.

–Bien, entonces, decidido. La operación Balneario está oficialmente en marcha –concluyó el jefe Rocamora–. El comisario Petrel queda al frente. Yo me encargo de las gestiones, el inspector Felices seguirá aquí con la investigación y, vosotros dos, preparadlo todo para el inmediato traslado a Alhama de esos chicos. Estaría bien hacerlo esta misma tarde. Al Matarife le gusta actuar al final del día. Mejor que no le demos otra oportunidad.

Caso resuelto

Felices decidió ir a pie desde la jefatura superior, el moderno edificio recién inaugurado en el paseo de María Agustín, hasta la vieja comisaría de Ponzano. Fueron quince minutos de caminar en silencio, pensando furiosamente, tratando de descubrir qué era lo que le producía aquel malestar en las tripas. Quizá la intuición de que estaban equivocándose con todas aquellas decisiones precipitadas. Quizá la incomprensible ausencia de pistas sobre el Matarife. Quizá la certeza de que la décima plaga era inevitable, como lo fue en su día para el faraón de Egipto.

Pasó el resto de la mañana releyendo informes relacionados con el caso. Principalmente, los de las autopsias de Encarna Calamonte y Damián Granadella y los relacionados con los interrogatorios a diferentes soplones. Un batiburrillo de nombres y sospechas que, lejos de crear una urdimbre sobre la que tejer una investigación, formaban un laberinto de callejones sin salida.

Su hija estaba hoy de excursión con unos amigos, así que, a las dos y media de la tarde, Felices decidió ir a comer a Casa Emilio, un restaurante donde pocos policías habrían sido bien recibidos. Emilio Lacambra, el dueño, era un reconocido comunista, pero disponía de tantos buenos amigos en las altas esferas que nadie se metía con él ni con su negocio. Felices y Lacambra habían sido compañeros en el bachillerato y se tenían aprecio mutuo. Aparte de eso, en Casa Emilio se comía bien y barato.

El inspector se propuso comer despacio, cosa inaudita en él. A acabar con un potaje de berros, una trucha a la navarra, un arroz con leche, un cortado y un orujo gallego de contrabando, destinó más de una hora. Todo un récord personal.

Tras subir a la cocina para despedirse de Emilio, Felices emprendió de nuevo, muy despacio esta vez, el camino a la comisaría, a la que llegó poco antes de las cinco, tras haber dado un absurdo rodeo por la plaza del Portillo, Agustina de Aragón, Pignatelli y la calle del Caballo, donde se hallaban algunos de los tascucios con peor reputación de la ciudad.

Cuando cruzó, por fin, el umbral del edificio de la calle de Ponzano, Felices se despojó del sombrero y, con él en la mano, se encaminó a su despacho. Al pasar frente al mostrador de recepción, lanzó con la cabeza un saludo a Matilde, la secretaria, una treintañera rubia teñida, que siempre usaba zapatos topolino pese a que ya no estaban de moda. Nadie sabía dónde los conseguía. Normalmente, Matilde respondía al saludo del inspector jefe con un mero movimiento de las cejas, pero hoy no.

–Inspector..., ¡inspector Felices!

Felices se detuvo. La secretaria señaló con un gesto del mentón a un hombre vestido de militar, sentado muy erguido en uno de los bancos del vestíbulo. A su lado, sobre el asiento, había depositado una cartera de mano negra y su impecable gorra de plato.

–Ha preguntado por usted –dijo Matilde, en voz baja–. Lleva veinte minutos esperando. Y no ha cruzado las piernas en todo ese rato.

–Ya veo que no le has quitado ojo.

–Es guapo, ¿verdad? Lástima que lleve alianza.

–Supongo que nadie es perfecto.

Felices se acercó hasta él y le tendió la mano.

–Inspector jefe Manuel Felices –se presentó–. Creo que ha preguntado por mí.

El militar se incorporó y respondió al saludo.

–Capitán de Infantería Luis Lejarza. Mucho gusto.

Con un gesto de la cabeza, Felices le indicó que le siguiera.

–¿Le apetece un café, capitán? –dijo el policía tras cerrar la puerta de su despacho–. Puedo pedir que nos traigan uno del San Remo, el bar de la esquina. Es bueno, no se preocupe. Hay sitios donde el café sabe a agua de fregar, pero ahí usan el de Orús, que es de primera.

–Se lo agradezco, inspector, pero prefiero acabar con esto cuanto antes.

Felices se sentó tras la mesa y le señaló al oficial la silla de confidente.

–Como prefiera. Usted dirá.

–Soy el oficial encargado de la investigación sobre la muerte de Celso Maroto –dijo Lejarza, tras tomar asiento–. Ya sabe: el chico que apareció anoche muerto en su casa allí, en la academia. Aparentemente, obra de ese al que ustedes llaman el Matarife.

–Ah, ya, claro... Me alegra mucho que haya venido. Ya imagino que habrá recibido órdenes de compartir sus pesquisas con nosotros. Seguro que toda la información que nos pueda facilitar nos será de gran ayuda. Y, por supuesto, cuente con nuestra colaboración. Al fin y al cabo, al parecer perseguimos al mismo criminal.

Lejarza usaba gafas de fina montura metálica. Cuando se las empujó con cierto nerviosismo hacia el puente de la nariz, Felices intuyó que ocurría algo insólito.

–Lo cierto es que..., en efecto, he venido para hablar del caso con usted, inspector –dijo por fin, tras un titubeo–, pero en unos términos que quizá no espera.

–¡Vaya...! Sorpréndame, entonces.

–Nuestro caso, el del chico Maroto..., creo que ya podemos darlo por resuelto.

Felices parpadeó.

–¡No me diga! ¿En serio?

–Así es. A última hora de esta mañana hemos detenido a una persona acusada del crimen. Se trata de un militar... Y se ha confesado autor de los hechos.

El policía abrió unos ojos como platos de postre.

–¡Qué me está usted diciendo, capitán! ¿Han capturado al Matarife?

El capitán Lejarza torció el gesto de inmediato.

–Mucho me temo que su asesino y el mío no sean la misma persona. En mi caso se trata, sin duda, de un imitador.

–¿Está seguro de eso, capitán? El Matarife firma sus crímenes de una manera muy personal. Y esa información no ha sido difundida públicamente. Poca gente la conoce.

–El asesino del joven Maroto sí la conocía. A la perfección, además. Aprovechó los crímenes del Matarife para intentar camuflar su autoría.

El inspector se atusó el bigote largamente, mientras procesaba la información que acababa de recibir.

–Entiendo... O sea, que ese tipo intentó endilgarle el muerto al Matarife, lo que me parece muy ingenioso, pero..., se tropezó con usted, que es más listo que el hambre –concluyó Felices.

Lejarza sonrió levemente.

–Digamos que he tenido suerte. Y, en cambio, nuestro asesino, no. Para su desgracia, el verdadero Matarife actuó también anoche, como ya sabemos. Y que la misma persona fuera la responsable de ambos crímenes a mí me ha parecido tan improbable que he optado, simplemente, por no tener en cuenta esa posibilidad. Decidí olvidar los demás asesinatos para centrarme solo en mi caso, dando por sentado que no había ninguna relación entre aquellos y este.

–Ya. Optó por partir de cero, ¿no es así?

–Eso es. Desde el primer momento, descarté que alguien ajeno a la academia fuera capaz de entrar y salir del acuartelamiento burlando nuestra vigilancia y sin dejar rastro. Así que me centré en investigar a nuestro propio personal militar. En circunstancias normales, la investigación me habría llevado varios días; pero, de nuevo, me ha sonreído la suerte. Un subteniente chusquero, uno de esos que hacen lo que les da la gana y nunca están donde les corresponde, coincidió la tarde de ayer con el chico en la cantina de oficiales, adonde acudió a merendar nada más llegar del instituto. Cuando salió de allí, el subteniente optó por seguirle y comprobar que se dirigía a su residencia.

–¿Por qué lo hizo?

El capitán se alzó de hombros.

–Asegura que tuvo un pálpito. O ni siquiera eso: no tenía nada especial que hacer y siguió de lejos al chico. Tras comprobar que subía a su casa, decidió dar media vuelta; pero entonces distinguió entre la niebla la silueta de alguien que, como él mismo, no debería estar allí en esos momentos. Le pareció raro y, sin ser visto, tomó buena nota de la hora y de los movimientos del sujeto. Esta mañana, en cuanto se han conocido los hechos, el subteniente ha venido a informarme de todo. El resto ha sido coser y cantar. El caso que más rápidamente he resuelto en toda mi carrera.

–Mi enhorabuena por ello, capitán.

–Gracias. Le deseo la misma suerte que yo he tenido y le prometo que haré lo posible para que le hagan llegar pronto un informe lo más completo posible, por si pudiera serle de alguna utilidad.

–Muy..., agradecido.

Felices y Lejarza se miraron durante unos segundos, hasta que la pausa se volvió incómoda.

–¿Puedo preguntarle qué tal van sus pesquisas? –preguntó entonces el militar.

Felices gruñó ligeramente.

–Despacio. Usted se ha topado con un matarife de pega, un imitador, pero yo tengo que enfrentarme al verdadero. Está resultando complicado, no se lo voy a negar.

–Claro, claro. Insisto: que tenga mucha suerte.

Lejarza se levantó y le tendió la mano. Felices también se levantó, pero no hizo mención alguna de corresponder al gesto. Por el contrario, se puso en jarras y taladró al militar con una nueva mirada.

–Oiga, capitán... ¿Es que no va a decirme quién es el asesino del chico? No habrá venido hasta aquí solo para refrotarme por la cara su éxito como investigador, ¿verdad?

Lejarza bajó la mirada, aceptando la reprimenda.

–Discúlpeme inspector. Créame que lo siento, pero la investigación es secreta y el proceso estrictamente militar. He venido a hablar con usted porque mis jefes me lo han ordenado. Para quedar bien con el gobernador civil, supongo. Le he contado cuanto podía contarle.

–¿Y si yo le digo quién es? –le propuso el policía tras chasquear la lengua–. ¿Me lo confirmará, al menos?

El capitán sonrió.

–Hombre..., si acierta a la primera..., no se lo negaré.

–Ha sido el padre del chico, ¿verdad? –dijo Felices, al momento–. El coronel Maroto.

Lejarza quedó serio.

–¿Cómo lo ha sabido?

–Fácil: usted me ha dicho que ha imitado con precisión los asesinatos del Matarife. En la Academia General Militar, que yo sepa, no hay nadie que conozca mejor los detalles de esos crímenes. El propio coronel Maroto nos pidió con insistencia que le facilitásemos toda la información disponible sobre ellos y, como padre de una posible víctima, no supimos negarnos.

Lejarza asintió, lentamente.

–En efecto, es él. Y le doy la razón en que se trata de un criminal muy torpe, al que ha sido fácil pillar. Fíjese que el viernes compró en la droguería de Julio San Martín un punzón de la misma marca y dimensiones que los usados por el Matarife..., y ni siquiera se deshizo de la factura. La encontramos en la papelera de su despacho.

Felices movió la cabeza, con disgusto.

–En cambio, el verdadero Matarife no deja ni el menor rastro. Nada por ahora. Nada que nos sirva.

–No desespere, inspector. Estoy seguro de que lo atraparán muy pronto.

El policía esbozó una sonrisa y le indicó a Lejarza la salida. Sin embargo, cuando estaba a punto de abrirle la puerta, se detuvo.

–No puedo entender cómo un padre es capaz de matar a su propio hijo.

Lejarza se rascó la patilla derecha. Lentamente.

–No sé si debería decirle esto, pero..., en realidad, Celso no era su hijo.

Felices alzó las cejas.

–¿Ah, no?

–Era hijo de la mujer de Maroto, con la que se casó siendo ella viuda. El coronel nunca se llevó bien con su hijastro. El chico no poseía ni espíritu militar ni ninguna de las cualidades castrenses y, además..., era un afeminado. Un maricón, ya sabe.

–Si, ya sé. Mis hombres lo notaron enseguida. Al parecer, resultaba muy evidente.

–Maroto se avergonzaba de él y, por lo visto, lamentaba haberle dado su apellido. Lo soportaba por ella, por su mujer. Cuando falleció la madre del chico, la relación entre Celso y el coronel se volvió insostenible. Según nos ha confesado, llegó a obsesionarle la posibilidad de deshacerse del muchacho de un modo u otro. Y con los crímenes del Matarife creyó que le llegaba la oportunidad como llovida del cielo.

Operación Balneario

Tras la visita del capitán Lejarza, Felices se encerró en su despacho por espacio de casi una hora. Luego, oprimió el interfono y le pidió a Matilde que localizase a los tres mosqueteros.

–Los inspectores Navarro y Goitia van a estar ausentes durante unos días –les dijo, tras cerrar la puerta del despacho–. Hasta su regreso, vosotros llevaréis el peso principal de la investigación sobre el Matarife. Luis, que es el más antiguo, será el coordinador y quien me tendrá al corriente de cualquier avance o novedad. ¿Alguna pregunta?

–¿La ausencia de Goitia y Navarro tiene que ver con el caso, jefe? –preguntó Quintanilla, atusándose el bigote.

Felices tuvo un instante de duda. Habían acordado con el comisario y el jefe superior que mantendrían en estricto secreto la operación Balneario y, por mal que le supiera, el secreto incluía a sus propios hombres.

–Tiene que ver, sí. Van a investigar una pista nueva y bastante fiable, al parecer. En Madrid. Es posible que el Matarife ya hubiera actuado anteriormente. ¿Vosotros tenéis algo nuevo?

Los cuatro subinspectores negaron. Dávila fue más allá.

–No tenemos nada todavía, y es muy raro, jefe. Les estamos apretando como nunca las clavijas a todos nuestros soplones. Saben que una buena información sobre este caso sería muy bien recompensada. Ellos mismos tienen mucho interés en este tema porque a nadie le gustan los asesinos de adolescentes. Pero no hay nada por ahora, ya le digo.

–Hay que seguir en ello. Está claro que se trata de un tipo escurridizo.

–Es más que eso, jefe –intervino Dámaso Armas–. Tenemos a decenas de informantes repartidos por toda la ciudad, deseando encontrar cualquier información sobre el caso. Sin ningún resultado. Es..., es como si se tratase de un fantasma.

–¡Alto, alto! –exclamó Felices, de inmediato–. Eso es lo último que debemos hacer: dotar al Matarife de cualidades sobrenaturales. Ya es bastante listo de por sí como para que acabemos por creer que se trata de un ser del otro mundo. Lo vamos a encontrar, lo vamos a arrestar y va a pagar por sus crímenes. Y ocurrirá pronto, no os quepa duda.

Delapuente era el único que aún no había abierto la boca. Lo hizo ahora, de improviso.

–Dada la falta de resultados..., quizá deberíamos cambiar de estrategia.

–¿A qué te refieres, Luis?

–Deberíamos permitir que los chicos de la prensa colaboren. Hasta ahora, hemos mantenido la investigación en secreto, pero es inevitable que se vayan filtrando datos e informaciones. Si el asunto llega a los periódicos, vamos a quedar en mal lugar. Quizá podríamos..., no sé..., convocar una rueda de prensa y solicitar la ayuda de la población, como hemos hecho otras veces.

Felices se rascó la nuca. Estaba convencido de que el plan de Goitia funcionaría, que el Matarife intentaría un nuevo asesinato y caería en la trampa. En lugar de su víctima, se toparía con un policía secreta armado hasta los dientes y ese sería su fin. Pero para que el engaño surtiese efecto era imprescindible actuar con normalidad, seguir los pasos lógicos en cualquier investigación.

–Seguramente tienes razón –admitió–. Dejadme hablar con el comisario, a ver qué opina.

–Esa misma tarde, a última hora, se inició la operación Balneario –siguió recordando Germán Goitia, ante la mirada atenta de Arcusa y De la Calva–. A primera hora, llegaron de

Madrid varios compañeros de la Brigada Criminal que, muy discretamente, se instalaron en las casas de los chicos amenazados. La orden era que ocupasen sus habitaciones y se dispusieran a vivir en ellas por tiempo indefinido, esperando la irrupción del Matarife para acabar con él o detenerle.

–Y, mientras, los chicos iban camino de Alhama de Aragón.

–Eso es. Esa misma tarde, unos minutos antes de las ocho de la tarde, Navarro y yo llegábamos con los nueve primogénitos a la estación del Campo Sepulcro, de donde partían los trenes hacia Madrid. De una furgoneta de la Policía Armada pasamos los once a una sala reservada, con salida directa al andén principal de la estación. Se había actuado con mucha rapidez para evitar, en la medida de lo posible, que se produjesen filtraciones. Aquella tarde, el tren Talgo Barcelona-Madrid, se detuvo en Zaragoza una treintena de metros más adelante de lo habitual, de modo que la puerta del furgón de equipajes quedase enfrentada a la de la sala que ocupábamos. Esperamos hasta que el andén quedó limpio de viajeros. Entonces, a una señal del interventor, abordamos el tren. Subimos con rapidez al furgón y, desde allí, pasamos al último coche de la composición, cuya puerta de comunicación con el resto del convoy había sido condenada. De inmediato, el Talgo reanudó viaje con apenas dos minutos de retraso sobre el horario previsto. Después de algo más de hora y media de viaje, el tren se detuvo en la minúscula estación de Alhama de Aragón, en la que rendían parada todos los trenes de RENFE por un acuerdo entre la compañía ferroviaria y la familia Carriedo que se remontaba a finales del siglo XIX, cuando se tendió la línea ferroviaria de Madrid a Zaragoza.

–Disculpe, pero no creo necesario entrar en tantos detalles. ¿Cree que podría ser un poco más directo, señor Goitia? –le rogó entonces el inspector Arcusa.

El anciano miró al policía con cara de pocos amigos.

–Si quieren que les ayude, déjenme contar las cosas a mi manera. ¿Está claro? Me gusta recordar aquellos años. Y me gusta hacerlo en detalle, cosa que no puedo hacer con acontecimientos más recientes, debido a mi demencia senil.

Arcusa y De la Calva se miraron infundiéndose paciencia el uno al otro.

–De acuerdo, de acuerdo. Siga, Germán, siga usted. Y hágalo como prefiera.

CUATRO

En la historia del mundo, casi todos los muertos lo han sido con violencia. La muerte plácida y natural es pura anécdota.

El viaje hasta Alhama, de más de hora y media, sirvió para empezar a conocernos. Navarro y yo no teníamos mucho que ofrecer. Éramos solo dos ángeles de la guarda con pistola y gabardina. No sabíamos lo que nos esperaba. Al contrario que Navarro, yo ni siquiera tenía hijos. Era más que probable que, en muchos momentos, no supiera qué hacer ni cómo tratar con aquellos chicos.

Eran nueve. Todos ellos tenían al menos dos cosas en común: pertenecían a buenas familias –es decir, con dinero– y estaban implícitamente amenazados de muerte. Poca gente lo sabía, pero ellos sí. Conocían los motivos de aquel extraño viaje. Sabían que otros chicos como ellos habían muerto, asesinados de una forma horrenda por un tipo al que llamábamos el Matarife pero al que nadie había puesto rostro todavía.

La más joven del grupo se llamaba Maricruz Escolano. Tenía tan solo diez años. Me sorprendió que, desde el primer momento, se la vio contenta. No puso pegas para abandonar su casa y separarse de sus padres. Al contrario, enseguida empezó a disfrutar de la nueva situación y de las carantoñas que le prodigaban sus compañeros, en especial las otras tres chicas.

También la mayor del grupo era una chica. Purificación Galán, Puri, tenía veintiún años recién cumplidos y, aunque aún vivía con sus padres, festejaba desde los diecinueve. Por supuesto, no le había hecho la menor gracia dejar a su novio –un tal Raúl Modiano– sin tener la ocasión siquiera de despedirse de él. Quizá por eso, desde el primer momento y durante todo el viaje, se mostró malhumorada. Puri había sacado el título de bachiller con buenas notas, pero después no había seguido estudiando. Al parecer, solo se preparaba para ser la señora de Modiano.

Hubo una pareja que se cayó estupendamente bien desde el primer momento. No digo que fuera un flechazo, pero casi. El chico era Tomás Carde, un zaragozano de diecisiete años, de antepasados franceses, brillante alumno de los jesuitas. Bien parecido y de mente rápida, yo me percaté enseguida de que todo lo que hubiera que decidir en aquel grupo debería pasar por él.

Ella se llamaba Silvia Ortiz de Cetina. Aunque acababa de cumplir los diecinueve, era menudita y parecía más joven que Tomás. Muy extrovertida, durante el viaje ya nos contó que acababa de salir de un desengaño sentimental y que no estaba dispuesta a enamorarse de nuevo nunca más. Una manera clásica de echar un anzuelo que Tomás Carde mordió apenas ella posó sobre él sus ojos de color violeta.

* * *

Ningún otro viajero bajó del Talgo en la estación de Alhama aquella noche, cuando el tren se detuvo sobre las nueve y media, de modo que no tuvimos que esperar a que el andén quedase desierto. Del mismo modo que habíamos subido a bordo, por la puerta del furgón, descendimos del tren, cada cual con su maleta. Silbó la locomotora y el Talgo arrancó de inmediato. A partir de ese momento, ningún otro tren de viajeros ni de mercancías se detendría en aquella estación mientras nosotros permaneciésemos en la finca Carriedo.

–¿Es que no vienen a buscarnos? –preguntó Puri Galán, de mal talante, cuando vio que iniciábamos la marcha andando.

–No, señorita –le respondió Navarro–. Hemos querido reducir al mínimo el número de personas que supiesen de nuestra presencia aquí.

–¿Está muy lejos el sitio al que vamos?

–El hotel dista de aquí unos..., quinientos metros.

–¡Medio kilómetro! –exclamó la chica, parándose en seco–. ¡No puedo cargar con esta maleta durante medio kilómetro!

–Os advertimos de que procuraseis venir ligeros de equipaje.

–Todo lo que llevo en mi maleta es absolutamente imprescindible.

Lo dijo de un modo retador. Algunos de sus compañeros cambiaron miradas divertidas.

Teníamos en el grupo nada menos que tres quinceañeros: Elisa Ramírez, una chica alegre, aunque tímida hasta decir basta, alumna del colegio de Jesús-María. Con eso está todo dicho. Veinte años más tarde, en los ochenta, se habría dicho de ella que era una niña pija. En mil novecientos sesenta y cuatro no se usaba esa expresión.

Ernesto de los Arcos era su antítesis: nacido en Teruel, era un tipo recio, franco y generoso, más bruto que una colección de arados.

Y, por último, Jorge Anadón, de Cariñena, interno en los Escolapios, un insensato que no paraba de reír por todo, moreno y de ojos vivarachos. Yo tenía la sensación de que se tomaba aquello como si fuese el rodaje de una película. Parecía en todo momento encantado de conocerse, encantado de conocernos y encantado de estar allí. Fue él, precisamente, quien señaló entonces hacia el fondo del andén.

–Allí veo algo que quizá nos pueda servir.

Se trataba de un carro de madera con dos ruedas, de los utilizados por los mozos de equipaje, sobre el que colocamos todas las maletas. El propio Jorge y Ernesto de los Arcos se prestaron a empujarlo hasta el hotel.

Caminábamos a la luz de farolas antiguas. Luz pobre y amarillenta, aunque suficiente para orientarnos en aquel territorio desconocido.

Siguiendo las indicaciones del inspector Navarro, que consultaba de continuo un plano proporcionado por la propia familia Carriedo, dejamos atrás los terrenos de la estación ferroviaria y descendimos por un camino ancho de tierra apisonada, hasta encontrar a nuestra izquierda un paso bajo las vías por el que habría podido transitar un automóvil. Justo cuando atravesábamos este paso, con los carriles apenas dos metros por encima de nuestras cabezas, Anadón alzó los brazos, obligándonos a detener la marcha.

–¡Quietos! ¿No oís eso?

–¿El qué? –pregunté.

–Ese..., rugido.

–¿Rugido? ¿Qué rugido? ¿De qué hablas...?

Conforme hacía la pregunta, me llegó a los oídos. Nos llegó a todos. Un fragor extraño, lejano en principio, pero que crecía rápidamente en intensidad. Una suerte de bramido múltiple, como el provocado por una de esas estampidas de reses que se ven en las películas de vaqueros.

Yo no pude evitar un escalofrío. Mari Cruz, asustada, corrió a refugiarse en los brazos de Puri Galán mientras los demás, desconcertados, intentábamos comprender a qué nos enfrentábamos. Elisa Ramírez fue la primera en hacerlo.

–¡Es un tren! –gritó, cuando el ruido ya hacía temblar el aire–. ¡Viene un tren!

Durante el siguiente minuto, mientras nos tapábamos las orejas con las manos, un interminable convoy de mercancías, encabezado por una locomotora de vapor, pasó sobre nuestras cabezas camino de Madrid, persiguiendo a nuestro Talgo sin la menor esperanza de éxito.

Yo jamás había experimentado nada parecido. El ruido era tan intenso que nos paralizó, impidiéndonos escuchar nuestros propios pensamientos. El estruendo hacía temblar el suelo. Teníamos la impresión de que aquel puente había de venirse abajo en cualquier momento pese a que llevaba cumpliendo con su tarea durante más de cien años.

Cuando, por fin, pasó sobre nosotros el vagón de cola y el ruido comenzó a perder intensidad, todos teníamos el pulso acelerado. Unos, de puro miedo. Otros, como Curro Bohórquez, de pura excitación.

–¡Esto ha sido fabuloso! –gritó cuando ya pudimos oírnos de nuevo los unos a los otros–. ¡El mejor recibimiento que podía hacernos el balneario Carriedo! ¡Cualquier parque de atracciones pagaría por tener algo así!

Francisco Bohórquez, Curro para todo el mundo, había nacido en Jerez de la Frontera. Rubio y muy alto para sus dieciséis años, tenía el aspecto de los ingleses que se habían instalado en su tierra natal para hacerse los amos del negocio del *sherry*. Estudiaba en el Colegio Alemán, lo más de lo más en aquella Zaragoza aún tan provinciana, y sus padres seguramente tenían más dinero que los de todos sus compañeros juntos. El resultado era un chaval guaperas, gracioso a veces, pero con una gracia andaluza que allí nadie entendía, soberbio e impertinente.

Cuando las luces traseras del mercancías se perdieron allí donde se juntan las paralelas que forman los rieles, nos pusimos de nuevo en marcha. Nos percatamos entonces de que el ruido del tren había sido sustituido por un cercano chapoteo de agua sobre cantos rodados.

–Ahí está el río. El Jalón –anunció Navarro, señalando un lugar en la oscuridad, quizá cien metros por delante de nosotros.

En aquella zona, el río era ancho, alegre y cantarín. Traía abundante caudal. La luz de la luna rielaba entre las piedras del cauce y blanqueaba la espuma de los remolinos.

Lo cruzamos por un puente colgante de estructura metálica y piso de madera, gruesos tablones sobre los que el carro de equipajes rodaba sin dificultad.

Al alcanzar la margen derecha, se adivinaba a la luz de la noche el parque del balneario, inmenso. Encabezándolo, el edificio que llamaban El Casino. Un bar con barra y mesas de mármol y forja, un gran salón de fumadores con sillones de orejas y una terraza grandísima, con balaustres de marmolina blanca. Todo bajo llave. Todo recogido, hibernado hasta el comienzo de la siguiente temporada.

–¿Dónde está el hotel? –preguntó entonces Julián–. ¿No deberíamos verlo ya?

Julián Castiello era también de Zaragoza. Según su ficha, estudiaba en el colegio de los Maristas de la plaza de San Lorenzo. Navarro decía de él que tenía pintas de gafe. Lo cierto es que era feo, pelirrojo y usaba unas gafas que nada le favorecían. Tenía un aire triste y enfermizo, como de poeta romántico, y era huérfano de madre. Se había resistido más que ninguno a participar en aquella estratagema, pero, en fin, allí estaba.

Y, de pronto, al superar un grupo de árboles, lo tuvimos ante nosotros.

La fachada del hotel imponía respeto en aquella noche de luna, con su escalinata central que se dividía en dos para, más arriba, volver a unirse frente a la puerta principal.

Nosotros la rodeamos para entrar por la puerta de servicio, de la que nos habían proporcionado las llaves. Localizamos pronto un cuadro de contadores que no habría desentonado en el laboratorio del doctor Frankenstein; el inspector Navarro, con un gesto teatral, accionó el enorme conmutador de palanca, con tres brazos.

Y la luz se hizo.

Acompañadas de un lejano zumbido, se encendieron dos decenas de bombillas desnudas y algunas lámparas. Estábamos en las cocinas y comprobamos con satisfacción que la cena nos esperaba sobre una de las enormes encimeras de granito. Una cena militar, preparada por la Escuela de Logística de Calatayud. En una olla con tapa de seguridad, encontramos una sopa espesa, con abundantes tropezones de pasta y verduras. Y, poco más allá, una bandeja con medio centenar de albóndigas y otra con plátanos y naranjas, además de pan y vino. El vino era de la zona, o sea, recio a más no poder; la mayoría de los chicos pidieron agua, para lo que, primero, tuvimos que encontrar y abrir las llaves generales de paso.

Cenamos allí mismo, en las cocinas. Julián Castiello apenas probó bocado. Todo lo contrario que Jorge Anadón, quien se comió su parte y la de su compañero. Curro protestó y protestó, considerando el menú indigno de su categoría, pero no se dejó ni una miga. Tomás Carde y Silvia Ortiz cenaron juntos, un poco apartados del resto, mirándose a los ojos y compartiendo gajos de naranja y palabras en voz baja. El romance parecía servido y ni al inspector Navarro ni a mí nos hacía la menor gracia, pues sabíamos de sobra que el amor no tiene rival como fuente de problemas.

El resto de los chicos comenzaron a cenar en silencio, pero terminaron en una charla animada en la que todos contaron cosas de sí mismos, aunque unos más que otros. Puri Galán y Curro Bohórquez comenzaron lanzándose diversas pullas y puyazos, hasta que descubrieron que ambos practicaban el tenis y acordaron verse las caras al día siguiente en un partido. Elisa Ramírez, que pese a sus quince años era una niña, hizo buenas migas enseguida con Maricruz, la benjamina del grupo. Y Ernesto de los Arcos tan pronto entablaba conversación con ellas como conmigo o con Navarro. Tenía don de gentes, el chaval. Era el único que estudiaba en un centro público, el instituto Goya. Había empezado este curso el sexto de bachillerato de ciencias puras.

Tras la cena, las chicas fregaron la vajilla. Una vajilla preciosa, por cierto, de porcelana francesa, con dibujos de escenas campestres.

–Supongo que mañana fregarán los chicos –me dijo Puri al terminar, mientras se secaba las manos con un trapo.

La propuesta nos dejó a todos estupefactos. Los chicos se volvieron hacia mí. Curro lo hizo con el ceño fruncido y negando ligeramente con la cabeza. Creo que aquello fue lo que me decidió.

–No lo había pensado pero..., sí, supongo que es lo más justo. Mañana, en el desayuno y la cena, fregarán los chicos.

–¿Fregar? –exclamó el de Jerez, al momento–. Yo no he fregado un plato en mi vida ni pienso hacerlo.

No pude evitar sonreír ligeramente.

–A partir de mañana ya no podrás decir eso sin mentir.

–Ya lo veremos, polizonte –replicó el chico.

Bien. Acabábamos de tener nuestro primer encontronazo. Aquello no iba a ser fácil. Entonces, llegó Puri Galán por la retaguardia y se dirigió a Bohórquez desde lejos.

–Mañana tenemos tú yo un partido de tenis a tres sets, ¿recuerdas?

–Claro, guapa.

–Te propongo algo: si me ganas, fregaremos siempre las chicas. Si te gano yo, lo haréis los chicos. ¿Aceptas?

Todos se volvieron hacia Curro que, tras pensárselo, negó con la cabeza.

–Mi padre me dijo una vez que no se debe apostar jamás con dinero de otro. Mejor, hacemos lo que dice el poli, y no se hable más.

Las chicas sonrieron. Curiosamente, los otros chicos también.

Elisa Ramírez preguntó entonces si podía llamar a su casa para decir que había llegado bien. Los demás la secundaron. Navarro y yo tuvimos que explicarles que, por razones de seguridad, los teléfonos estaban cortados. La única comunicación posible era mediante un teléfono de campaña, situado en la cocina, que enlazaba directamente con el puesto de mando de la Guardia Civil, encargada del control exterior de la finca.

–No os preocupéis –les dijo Navarro, finalmente–. Poco después de llegar, el inspector Goitia ha llamado para avisar que habíamos llegado todos sin problemas. Vuestras familias ya saben que estamos aquí, sanos y salvos.

En efecto, lo primero que yo había comprobado era que el teléfono de campaña funcionaba correctamente. Después de girar varias veces la manivela, lo que me recordó mis tiempos de oficinista de compañía en el servicio militar, me llegó la respuesta esperada.

–¿Sí?

–Los chicos están bien –era todo lo que había dicho, según estaba previsto.

–Recibido.

Tras la cena y el fregote, establecimos un horario general, también cercano al militar.

–Pasaremos lista a las diez, tocaremos silencio a las once y nos levantaremos a las ocho –anunció Navarro–. ¿Algún problema?

Bohórquez, cómo no, alzó la mano.

–¿Por qué tenemos que madrugar tanto? Ustedes no nos van a dar clases, ¿verdad?

–No, claro que no. El inspector Goitia y yo no somos profesores. Solo somos dos polizontes, como tú dices. No podemos daros clase de nada.

–Y ¿por qué no nos enseñan a disparar un arma?

–¡Sí, eso estaría bien! –le apoyó Anadón.

Navarro y yo nos miramos consternados. Por suerte, ninguno de los otros chicos apoyó la propuesta.

–¡Ni hablar, macho! –zanjó Navarro–. No vamos a enseñaros a disparar. ¿Os habéis vuelto locos? Nos levantaremos a las ocho porque hay muchas cosas que ver aquí; es un sitio precioso y, seguramente, no estaremos demasiado tiempo. Estoy seguro de que nuestros compañeros en Zaragoza atraparán enseguida al Matarife y podremos regresar todos a nuestra vida normal. Mientras tanto, vamos a aprovecharlo.

–¿Y si no atrapan al Matarife? –preguntó Tomás Carde–. ¿Tendremos que seguir aquí?

–Ese es el plan, sí.

–¿Por cuánto tiempo? –quiso saber Silvia Ortiz.

Navarro se enfrentó a las miradas de todos.

–El que sea necesario –concluyó–. Pero ya veréis cómo la semana que viene estáis todos de vuelta en vuestros colegios y añorando estas pequeñas vacaciones. Y, ahora, vamos a ver vuestras habitaciones.

Nos habían reservado un pasillo completo de primera planta en el ala sur del hotel. Doce habitaciones dobles con baño, enfrentadas seis a seis. De la 121 a la 132. Por alguna razón que nos pareció lógica, Navarro y yo decidimos que los chicos ocupasen las impares y que las pares fuesen para las chicas. Él se instaló al final del pasillo, en la 131. Yo lo hice en la primera del lado de las chicas, la 122.

–¡Hasta mañana a todos! –grité cuando estuvieron distribuidos.

Se cerraron las puertas. Navarro y yo quedamos solos en el centro del pasillo.

–¿Qué? ¿Nos sorteamos las imaginarias? –preguntó él.

–Hombre, no veo necesario hacer imaginarias. Vámonos a dormir. Creo que me voy a quedar frito antes de apoyar la cabeza en la almohada.

Navarro se alzó de hombros.

–Está bien. Pero si me desvelo, igual doy una vuelta por las habitaciones. Por algunas, en especial, ya sabes.

No me gustó nada el tono que Navarro empleó en su última frase.

–Pues no, no sé a que te refieres.

–Venga, hombre, no me hagas hablar más de la cuenta. Me refiero a la chavala esa, la Galán.

–¿Qué pasa con ella?

–Pues que está estupenda, macho. ¿O es que no tienes ojos en la cara?

Tuve que respirar hondo para serenarme.

–¿Estás mal de la cabeza? Anda, ve a tu habitación, Navarro, y no salgas de ella hasta mañana a las ocho.

Se volvió hacia mí.

–A mí no me des órdenes, Goitia. Sabes cómo te llaman los compañeros, ¿verdad? Haz honor a tu apodo, cierra la boquita y vete a dormir.

Ninguno de los dos nos movimos.

–Si esta noche me asomo y te veo andando por el pasillo, te meteré una bala en la cabeza –lo amenacé–. Luego, diré que te confundí con un intruso.

Navarro sonrió como una hiena, me dio la espalda y se dirigió a su cuarto.

Un minuto más tarde, sin descalzarme siquiera, me dejaba caer sobre mi cama. Me sentía agotado hasta el extremo. Me dormí al instante.

Algún tiempo después, me despertaron unos golpecitos repetidos en la puerta. De inmediato, tuve un mal presentimiento, asociado al rostro de Navarro. Salté de la cama, cogí mi pistola y fui a abrir. Al hacerlo, encontré a Maricruz, vestida con un camisón de dormir blanco y zapatillas de color rosa. Le faltaban los ojos y, de las cuencas vacías, manaba sangre oscura que le resbalaba por las mejillas y caía en grandes goterones sobre el suelo.

Lancé un grito. Un grito que me despertó de golpe.

Di un salto en la cama. Me llevé una mano al pecho, atravesado por una punzada, y la otra a la boca, para contener una náusea que pareció subirme directamente desde el intestino grueso.

Respiraba tan aceleradamente que enseguida sentí un intenso mareo.

Me costó centrarme, recordar dónde estaba y quién era.

Miré mi reloj y vi que no habían pasado ni veinte minutos.

Por fin, caí en la cuenta de que, como en mi sueño, alguien llamaba a mi puerta repetidamente. Me levanté, tambaleándome como un borracho. Al abrir, me encontré a Maricruz, vestida con un camisón de dormir blanco y zapatillas de color rosa. El corazón me dio un vuelco. Sin embargo, sus ojos de color miel, tan hermosos, continuaban en su sitio, lo que me resultó tranquilizador. Eso sí, estaba seria. Muy seria. Las comisuras de sus labios apuntaban hacia abajo.

–¿Qué ocurre, Maricruz?

–Tengo miedo –dijo, sin más.

«¡Qué estupidez!», pensé. «¡Pues claro que tiene miedo!». Cualquiera lo habría tenido, a su edad y en aquellas circunstancias. Estuve a punto de ofrecerle ocupar la cama que quedaba libre en mi cuarto, pero me pareció una opción nada conveniente, así que la tomé de la mano, hice memoria y me dirigí con ella a la habitación 126.

Llamé a la puerta.

–Señorita Galán... ¡Puri! Abre, por favor. Soy el inspector Goitia.

–¡Un momento...! –replicó ella al instante, desde dentro.

Me pareció oír un cierto revuelo, pisadas apresuradas, una puerta cerrándose, siseos...

Puri Galán aún tardó medio minuto en abrir. Cuando lo hizo, parecía algo apurada.

–Hola... ¡Ejem...! ¿Qué ocurre, inspector?

–¿Ya estabas dormida?

–Casi –mintió.

–Maricruz no puede conciliar el sueño. ¿Te importaría compartir con ella la habitación durante esta noche?

De inmediato, afloró su instinto maternal. Se acuclilló, tomando a la niña de las manos.

–Claro que no –dijo, sonriéndole–. Anda, pasa, pequeñaja.

Eché un vistazo rápido al interior de la habitación.

–¿Por qué has deshecho las dos camas?

–Eeeh... Quería ver cuál era la más cómoda.

–Y resulta que son iguales. ¿A que sí?

–¡Je...! Sí.

Con el rabillo del ojo, me percaté de que el cerrojillo de la puerta que daba paso a la habitación contigua estaba abierto. Pero decidí no hacer ningún comentario.

–Gracias por cuidar de ella, Puri. Hasta mañana.

–Sin duda, las otras chicas se habían reunido en la habitación de Puri, aprovechando que todos los cuartos estaban comunicados mediante puertas con cerrojos por ambos lados –explicó Germán, insistiendo en su modo prolijo y bastante plúmbeo de devanar la historia–. Yo había interrumpido aquella reunión, pero estaba seguro de que regresarían en cuanto me hubiese marchado.

–Y ¿qué hizo usted? –le preguntó el inspector Arcusa.

Germán se rascó la nuca y apretó fuerte los ojos; como si le costase recordar.

–Pensaba quedarme allí fuera, en el pasillo, prestando atención. Si las cuatro chicas finalmente se reunían en la habitación de Puri, yo quería enterarme de lo que hablaban pegando el oído a la puerta. Pero no pudo ser.

–¿Por qué?

Germán Goitia rio.

–¡Porque en aquel maldito pasillo hacía un frío de mil demonios! Cuando llevaba apenas cinco minutos allí, de pie, ya no podía aguantar más. Fuera se estaba formando una tormenta y las corrientes de aire surcaban aquel corredor de punta a punta. Así que, aterido y cansado, decidí regresar a mi cuarto esperando que aquella cuadrilla de hijos de papá no cometiesen ningún disparate. Al menos, durante esa primera noche. «Mañana será otro día», me dije. Y me fui a dormir.

El apagón

Cinco minutos después de que Goitia volviese a su cuarto, la puerta que comunicaba la habitación de Puri Galán con la 124 se abrió, muy despacito, y tras ella asomó Elisa Ramírez, con su larga trenza morena. Al contrario que sus dos compañeras, aún seguía vestida.

–¿Qué quería el poli?

–Nada. Que me ocupase de la peduga.

–Oye, a mí no me llames peduga –protestó Maricruz.

–Es lo que eres: una peduga miedosa.

La niña bajó la mirada.

–Yo también estoy cagada de miedo –reconoció Elisa–. Se acerca una tormenta y me aterrorizan los truenos.

–Entonces, será mejor que nos vayamos las tres a dormir cuanto antes.

–Pero..., ¿me puedo quedar contigo o no? –preguntó Maricruz.

–Pues claro que sí, tonta del bote –le sonrió Puri–. Anda, ven aquí.

La niña corrió a echarse en sus brazos.

–Me voy entonces –dijo Elisa–, pero no echéis el cerrojo de esta puerta. Por si acaso.

–Bueeeno...

Marchó Elisa a su cuarto y Puri apagó la luz de la habitación. Dejó que Maricruz se acurrucase junto a ella en la cama y, tres minutos más tarde, la niña se había dormido. Ella, no.

En efecto, se acercaba una tormenta. Los relámpagos aún eran como chispazos lejanos y los truenos llegaban con retraso y con sordina. Pero cada vez estaban más cerca.

En la pared a la derecha de la cama se abría hacia el parque un gran ventanal de cuarterones. No habían cerrado las cortinas y a través de los cristales se filtraba una claridad tenue, procedente de farolas lejanas. Y también, claro está, los destellos de la tormenta, cada vez más próximos e intensos.

Puri cerró los ojos y trató de pensar en cosas agradables, intentando conciliar el sueño: el último veraneo en San Sebastián, con sus primos. Qué bien lo pasaron. Aquel chico de Pamplona que se alojaba en su mismo hotel y que le sonrió varias veces, aunque no llegaron a hablar. Era más guapo que Raúl, su novio. Pero, vamos, mucho más. Como de aquí a Lima. Si ese chico le hubiese hecho caso, quizá habría mandado a Raúl a hacer gárgaras. En fin... ¿Qué más? Las mañanas en la playa, las tardes de paseo. Las carreras de caballos en el hipódromo de Lasarte, lleno de señoras con sombreros rarísimos. Las excursiones a Zarauz y a Guetaria y a Zumaya...

De repente, Puri sintió que se le paralizaba el pulso al notar con toda claridad cómo el colchón cedía a causa del peso de alguien que se había sentado a los pies de su cama.

Asustada, abrió los ojos. En medio de la oscuridad, apenas se distinguían los contornos de algunos muebles y el cuadrado levemente luminoso de la ventana. Con el estómago encogido, miró hacia delante, tratando de taladrar la penumbra, hasta que vio el borde de la colcha, de color claro. Pero nada más. Nada extraño.

Se llevó las dos manos al pecho, intentando sosegar el galope de su corazón.

–No seas tonta –se susurró a sí misma–. Aquí no hay nadie. Solo tú y la peduga, que duerme como una bendita...

Un relámpago un poco más intenso que los anteriores le dibujó, por un segundo, una foto con *flash* de la habitación. Todo parecía normal. Aún así, la chica se incorporó y adelantó el brazo derecho, moviéndolo de lado a lado. No tropezó con nada, aunque tuvo la sensación de que, hacia su derecha, el aire cambiaba de temperatura y se volvía más frío.

–Imaginaciones estúpidas... –se dijo, mientras volvía a tumbarse y se tapaba con las mantas hasta la nariz.

Maricruz se removió junto a ella, sin despertarse.

Puri cerró los ojos y trató de volver a sus recuerdos. San Sebastián, la playa de la Concha, el puente de Portugalete, el chico del hotel...

Entonces, ocurrió de nuevo. En esta ocasión, incluso oyó claramente el gemido del jergón, al tiempo que sentía ceder el colchón a sus pies. Como si alguien se sentase en la esquina derecha de la cama. Como antes, abrió asustada los ojos de par en par pero, esta vez, la oscuridad permaneció, negra como la tinta china. Como si se hubiese quedado ciega. Buscó el resplandor del ventanal pero no halló más que aquella negrura satinada y perfecta, de terciopelo.

Apretó los dientes, temiendo ahora que el corazón se le escapase por la boca, al tiempo que manoteaba buscando el interruptor de la lamparita de la mesilla de noche. Dio con él y lo accionó, pero la oscuridad permaneció impasible. Movió la palanquita una vez y otra, sin resultado. Puri empezó a creer de veras en su ceguera. Se aproximó las manos a la cara, tratando de distinguir sus propios dedos, sin conseguirlo.

A punto de entrar en pánico, un relámpago vino a tranquilizarla. Bastó una décima de segundo para sentir el alivio de comprobar que sí podía ver. Estaba claro que la tormenta había provocado un apagón general, que afectaba al hotel pero también a la iluminación exterior, y esa era la causa de aquella oscuridad impenetrable.

Sin embargo, con el destello del relámpago también había visto, vislumbrado más bien, algo inquietante. Algo que no debería estar ahí. Se preparó para el próximo relámpago, tratando de no parpadear. Sabía dónde mirar y le bastaría un instante mínimo.

Lo cierto es que tuvo bastante más que eso.

Al cabo de medio minuto, dos relámpagos, ya muy cercanos y casi simultáneos, proporcionaron una claridad más que diurna durante todo un largo segundo. Ese segundo de luz le permitió ver con toda claridad una figura fantasmal: la de una chica joven, con la piel del rostro del color de la cera, el pelo negro cayéndole en bucles sobre los hombros, vestida con un camisón blanco, antiguo, largo hasta los pies y los ojos muy grandes e inyectados en sangre.

Durante el tiempo del resplandor, el fantasma miró a Puri, alzó una mano y dio un paso hacia ella.

Puri lanzó un grito que despertó a Maricruz, que también gritó con todas sus fuerzas, aunque ambos alaridos quedaron anulados por el sonido de un trueno seco, largo, metálico, que hizo temblar el edificio como si fuera un enorme flan chino.

Puri saltó de la cama, braceando, tratando de encontrar algo que le sirviese de arma arrojadiza. Primero cogió la lámpara de la mesilla, pero estaba enchufada y el cable resistió; cuando trató de lanzarla hacia el fantasma, voló tan solo un metro y cayó al suelo, casi a sus pies. Al tentón, dio con un libro, un contundente ejemplar de *Anna Karenina* y lo arrojó por intuición en la dirección correcta. El fantasma gimió al ser alcanzado por el librazo.

–¡Ay...! Puri, por dios, que soy yo. ¡Puri, quieta!

La chica se detuvo porque la voz del fantasma le resultaba conocida.

–¿Elisa? ¿Eres tú, Elisa?

–Pues claro que soy yo. ¡Qué bruta! ¡Casi me descalabras!

En ese momento, regresó la luz.

Puri y Maricruz descubrieron a Elisa Ramírez en el suelo, junto a la novela de Tolstoi.

–Pero..., ¿cómo se te ocurre entrar sin llamar?

–Es que me estaba cagando de miedo. Ya te he dicho que no soporto las tormentas. He tratado de aguantar pero, al final, he decidido venir a dormir con vosotras. ¡Y tú me recibes a librazo limpio!

–Es que no te he reconocido con el pelo suelto y ese camisón como de abuela..., ¿y la cara? ¿Por qué tienes la cara tan blanca y los ojos tan rojos?

–Ah..., será por la crema. Todas las noches me doy una crema hidratante antes de acostarme.

–¿Te das crema hidratante cada noche? ¿Con quince años?

–Mi madre dice que hay que empezar pronto a cuidarse. Lo malo es que, a veces, se me mete algo de crema en los ojos y no veas cómo me escuecen.

–Ya, ya veo... Pareces la novia del conde Drácula.

El siguiente relámpago volvió a achicharrar algún transformador, lo que provocó un nuevo apagón.

–¡Oh, no! ¡Otra vez! ¡Hacedme sitio! –gritó Elisa, lanzándose en plancha y a ciegas sobre la cama que ocupaban sus compañeras.

El llanto

La tormenta pasó y lograron dormir unas horas. Más o menos hasta que, a las tres de la mañana, la puerta de comunicación con la habitación de al lado volvió a chirriar siniestramente.

Y tras ella, apareció Silvia Ortiz de Cetina.

–Ah, estáis aquí... ¿Qué hacéis las tres tan juntitas?

–Teníamos frío.

–No es verdad: teníamos miedo.

–Tú te callas, enana.

–No me llames enana.

–Hija, no se te puede llamar de nada. Ni enana ni peduga...

–Y a ti, ¿qué te pasa en la cara?

–Que me he dado una hidratante.

–Pues tienes que procurar que no se te meta en los ojos, porque los llevas rojos a más no poder.

–Sí, ya, ya... Por cierto, ¿tú qué haces aquí?

Silvia se estremeció.

–La tormenta me ha despertado y, ahora, no consigo dormirme. Es por..., el niño.

–Si te refieres a Tomás, ya nos hemos dado cuenta de que te quita el sueño, ya.

–¿Eh...? Ah, no, no..., no es por Tomás. Es por el bebé. El bebé ese que llora todo el rato. ¿No lo oís?

Puri, Maricruz y Elisa miraron a Silvia, asomadas por encima del embozo.

–No.

–Hace quince minutos que llora sin parar. Al principio, no le di importancia pero me está poniendo de los nervios.

Puri y Elisa se miraron un instante.

–A ver, Silvia... eso no es posible. Estamos solos en esta finca. Nosotras, los chicos y los dos policías. No hay ningún bebé en las proximidades. Imposible.

–Ya lo sé. Pero yo oigo llorar a un bebé desde hace mucho rato sin que nadie acuda a calmarlo.

Hubo un silencio. Largo.

–¿Estás segura de eso? Yo no oigo nada –dijo Elisa.

–Venid a mi cuarto y lo comprobaréis.

Salieron las cuatro chicas de la 126 y se dirigieron a la 130, atravesando la 128. Al llegar, con un gesto, Silvia les pidió silencio cruzando el índice sobre los labios.

No tuvieron que esperar mucho. En efecto, de algún lugar indeterminado aunque no demasiado lejano, les llegó un sonido inquietante.

–¿Lo oís?

Lo oyeron.

–Sí, desde luego... Y tienes razón: parece el llanto de un bebé. ¿Cómo es posible?

Silvia fue apoyando la oreja sucesivamente en las cuatro paredes de la habitación. Por fin, abrió la puerta y se asomó al pasillo.

–Creo que ahí fuera se oye más fuerte –dijo–. ¿Vamos?

Elisa se irguió.

–¿Vamos? ¿Adónde vamos?

–Vamos a averiguar de dónde viene ese llanto.

–¡Ni hablar!

–¿No te pica la curiosidad?

–Puede que me pique la curiosidad, pero no tanto como para salir ahí fuera en plena noche. Y menos en camisón. Hace frío.

–Pues nos abrigamos. Yo, desde luego, voy a ir en busca de ese niño. Hasta que no dé con él, no voy a conseguir pegar ojo.

Puri, Elisa y Maricruz se miraron.

–Lo cierto es que yo también necesito saber qué pasa con ese niño –dijo la mayor–. Por qué llora. Y por qué nadie acude a consolarlo.

–Está bien. Si tú vas, me apunto –decidió Elisa, de mala gana.

Puri se dirigió a Maricruz.

–Tú puedes quedarte aquí o ir a nuestra habitación...

–¡Qué dices! –saltó la niña–. Yo no pienso quedarme aquí sola por nada del mundo. Si estáis tan locas como para ir a buscar a ese niño llorón, yo voy con vosotras.

Sobre los camisones de dormir se pusieron chaquetas de punto y abrigos. Se calzaron bien, con calcetines gordos y botas de lluvia y se reunieron de nuevo en el cuarto de Silvia cinco minutos más tarde.

–Estamos hechas unos adefesios –constató Elisa, mirándose en el espejo–. Si lo sé, me traigo el conjunto de Pertegaz de salvar niños llorones.

Salieron las cuatro chicas al pasillo y prestaron atención. El sonido del llanto no tardó en llegarles de nuevo con más claridad que antes. Tratando de hallar su origen, avanzaron hacia el vestíbulo del hotel. Silvia enseguida las detuvo.

–No. En esta dirección nos alejamos.

Cambiaron de sentido, avanzando ahora hacia el fondo del pasillo hasta llegar a la doble puerta de cristal pavonado que lo cerraba. Maricruz se aferraba a la mano de Puri.

–Sin duda, viene del otro lado.

–Seguro que esta puerta está cerrada –dijo Elisa.

Silvia echó mano al pomo y lo giró con facilidad.

–Pues no.

–Mierda...

Abrieron la puerta, que daba a una zona exterior.

Había dejado de llover, pero el ambiente se hallaba cargado de humedad y de misterio. Al frente, vieron una larga pérgola trenzada de hiedras y de rosales desnudos. En primavera y verano creaba un túnel vegetal, hermoso y agradable. Ahora, incluso daba un poco de miedo.

Avanzaron bajo la pérgola, sigilosas, pisando guijarros, guiadas por la luz de una farola situada al final del camino; una farola rara, de luz fluorescente, que creaba en su entorno una atmósfera inquietante.

En un par de ocasiones, las chicas se detuvieron para asegurarse de que seguían la dirección correcta y de que el bebé que lloraba se hallaba cada vez más cerca.

Al llegar al final de la pérgola, bajo la farola extraña, descubrieron un jardín circular en cuyo punto opuesto se alzaba una ostentosa construcción de piedra y azulejos. Una especie de templete cerrado, de planta octogonal y vidrieras ojivales que, aun siendo hermosas, no terminaban de encajar en su estilo claramente neomudéjar. De unos diez metros de altura, tenía aproximadamente el tamaño de uno de los cubos de la muralla romana de Zaragoza o de la parte superior de la torre de la iglesia de La Magdalena.

Las cuatro chicas lo miraron con asombro.

–¿Qué demonios es esto? –preguntó Silvia.

Ninguna de sus compañeras supo responderle, pero enseguida comprobaron que el llanto que tanto les intrigaba procedía de su interior.

El templete, o lo que fuera, tenía una puerta de madera con dintel de herradura, a la que se acercaron cautelosamente. Al llegar junto a ella, Puri, muy decidida, la golpeó con los nudillos.

–¡Eh! ¿Hay alguien ahí dentro? –preguntó en voz alta.

El llanto, que no había parado en ningún momento, cesó al instante, pero nadie respondió.

–¡Oigan...! –exclamó la chica, volviendo a llamar y obteniendo el mismo resultado.

–¿Abrimos? –dijo Silvia

–¿Nos vamos? –propuso Maricruz.

–Después de llegar hasta aquí, yo no me voy sin conocer al bebé llorón –aseguró Puri.

–Dale, entonces –dijo Elisa–. Abre de una vez o me va a dar un ataque de nervios.

Puri accionó la manilla y empujó la puerta.

Cuando la claridad lechosa de la farola invadió el interior, las chicas no tardaron demasiado tiempo en sacar conclusiones.

–Es un panteón –dijo Puri.

A la vista quedaban un número considerable de ataúdes de diversas épocas y en diferentes estados de conservación. No estaban protegidos por lápidas, solo colocados de perfil, hasta en ocho alturas, dentro de nichos encalados. La filiación de los fallecidos aparecía en cartelas situadas bajo cada uno de los féretros.

Las chicas avanzaron unos pasos y cruzaron el umbral.

–Por lo que leo, es el panteón de la familia Carriedo, los dueños del balneario –apuntó Elisa, leyendo con dificultad las plaquitas más cercanas–. Mariano Galindo Carriedo, Eduardo Carriedo González, María Antonia Carriedo Carriedo...

–¿Y aquí dentro hay un bebé? –preguntó entonces Maricruz, hablando muy bajito.

–Parece imposible.

–Es imposible.

Oyeron entonces un susurro leve que las llevó a contener la respiración.

–¡Mirad allí! –exclamó Silvia, señalando uno de los ataúdes del tercer piso.

Algo se movía dentro del nicho, tras la caja. De pronto, salió de detrás del ataúd una figura clara que se las quedó mirando fijamente. Tenía el tamaño de un niño pequeño.

Pero no era un niño.

–¿Qué demonios es eso? –preguntó Elisa, con la voz quebrada, retrocediendo un paso.

–Es..., ¡es un maldito gato! –exclamó Puri.

–¡Es verdad! –confirmó Maricruz–. ¡Un gato! ¡Pero qué gato más feo!

Era enorme, blanco de piel, sin pelo, con un rostro diabólico en el que destacaban dos ojos claros de distinto color. Azul el derecho y ámbar el izquierdo. El animal estaba en los puros huesos.

Entonces, el gato abrió la boca y maulló. Maulló de un modo largo y lastimero que a todas les recordó el llanto de un bebé.

–¡De modo que era esto! –concluyó Silvia–. Este era el bebé al que yo oía llorar.

–Nos has sacado de la cama en plena noche por un gato –dijo Elisa, en tono recriminatorio.

–Eh, eh, que sois vosotras las que habéis querido venir. Teníais tanta curiosidad como yo. Y también a vosotras os parecía el llanto de un niño chico.

–Cierto –admitió Puri–. Y mientras no pillemos un resfriado, me alegro de haber desvelado el misterio del bebé llorón y de haber descubierto este sitio. Es más: mañana, con luz de día, me gustaría volver y contemplar todo esto con más detalle. Es un lugar..., fascinante.

Conforme la vista se les iba acostumbrando a la penumbra, las chicas descubrían más y más detalles de aquella tumba colectiva. Durante unos minutos, contemplaron embelesadas los ataúdes, todos magníficos en su día pero, muchos de ellos, arruinados ahora por el tiempo, la humedad y el abandono.

Maricruz llamó la atención de Puri, cuya mano no soltaba bajo ningún concepto. Le señaló una de las cajas, en el tercer piso de nichos.

–Oye..., ¿no te parece que ese ataúd tiene la tapa fuera de sitio?

Puri alzó la vista y notó cómo se le encogía un poquito el estómago. En efecto, la tapa estaba muy torcida con respecto a la caja.

–Bueno..., sí, es posible... Supongo que los tornillos de las bisagras se habrán herrumbrado y..., y...

–¿Y el muerto ha movido la tapa?

–No, mujer. Los muertos no mueven nada. Los muertos están muertos.

–Entonces..., ¿quién la ha movido?

Puri suspiró.

–No lo sé, Maricruz. Deja de preguntar cosas raras, ¿quieres?

Estaba Puri a punto de proponer regresar a las habitaciones cuando Silvia se le adelantó con otra pregunta inesperada.

–¿Cómo habrá entrado aquí este gato?

–¡Y yo qué sé! Quizá se haya colado por algún hueco –respondió Elisa.

–Sí, pero yo no veo ningún hueco; y si hubiera un hueco, el gato habría salido por él. Sin embargo, da la sensación de que lleva aquí atrapado desde hace bastante tiempo. Está..., famélico.

–Famélico. Qué bonito adjetivo. Famélico. Cuando volvamos a casa lo utilizaré en alguna redacción. Mi profesora de lengua se quedará boniata.

–Boniata. Qué bonito adjetivo.

–Quizá se quedó encerrado cuando abrieron el panteón por última vez. El gato, digo.

–¿Quieres decir en el último funeral?

–Puede ser, ¿no?

–No lo creo. Todos los ataúdes parecen muy viejos y están muy estropeados. Yo creo que hace mucho tiempo que no entierran a nadie en este panteón. Varios años, seguramente.

–Pero el gato no puede llevar varios años aquí dentro. Se habría muerto de hambre –dijo Elisa.

–¿Los gatos son herbívoros o carnívoros? –preguntó entonces Maricruz.

–Son felinos. Carnívoros –le respondió Silvia.

Quedaron las cuatro chicas en silencio.

–No puede ser –dijo Elisa, finalmente, en voz baja.

–¿El qué?

–Lo que estáis pensando.

–Yo no estoy pensando nada. ¿Qué estás pensando tú?

–Claro que lo estás pensando. Todas lo estamos pensando.

–Pues dilo.

–Ni lo sueñes.

Fue Puri quien lo dijo.

–El gato sigue vivo..., ¿porque se ha comido a los muertos?

Las chicas miraron al gato y todas pensaron que tenía cara de vampiro.

–No digáis tonterías –pidió Elisa, sin mucha convicción–. Eso no puede ser. Los muertos están dentro de los ataúdes.

–La madera se pudre con el tiempo. Y un gato se mete por cualquier agujero.

–Vale, pero cuando la madera se pudre, seguro que ya no queda nada de los muertos. Los huesos y algunos jirones de ropa, como mucho.

–Y ¿tú cómo lo sabes? ¿Has visto algún muerto así?

–Además, los gatos son carnívoros, no carroñeros.

–Quizá se vuelvan carroñeros ante la necesidad. Es la teoría de la evolución.

–Las monjas de mi cole dicen que la teoría de la evolución es una herejía.

–¡Que sabrán ellas!

–El gato nos está mirando –dijo entonces Maricruz, la única que no participaba en la discusión.

Todas callaron y buscaron de nuevo al gato. Se había subido encima del ataúd que ocupaba el centro geométrico del panteón y, en efecto, miraba desde allí a las cuatro chicas con toda atención. Las miraba de una en una, de manera sucesiva, moviendo ligeramente la cabeza. Como si se estuviese aprendiendo sus rostros de memoria. Relamiéndose.

Durante un largo minuto, el silencio solo se vio interrumpido por el maullido del gato imitando el llanto de un niño. Muy tenue, en esta ocasión. Sonaba como un lamento, pero también podía tomarse por una amenaza. Y oírlo ponía la piel de gallina.

–Vámonos de aquí –propuso Silvia, de pronto, dando fin a la pausa–. Por favor, vámonos. Vámonos, vámonos...

–¿Y vamos a dejar al gato aquí encerrado otra vez?

–Que se j..., fastidie –dijo Puri.

–Vaya lengua, maja.

–No he dicho nada feo.

–Pero se te ha entendido todo.

–Estoy de acuerdo: vámonos a dormir. Al gato, que lo zurzan.

Cuando se giraron hacia la puerta del panteón, las cuatro chicas estuvieron a punto de gritar. Se buscaron las unas a las otras instintivamente, apretándose entre sí.

Y es que casi una veintena de gatos les cerraban el camino. Gatos de todos los tamaños y colores.

–¿De dónde han salido? No estaban ahí hace un momento.

–Odio a los gatos –dijo Elisa.

–¡Chssst...! No digas esas cosas. A ver si te van a oír.

Puri se armó de valor y avanzó hacia los gatos dando palmas y voces.

–¡Fuera! ¡Fuera de aquí!

Pero los gatos ni se inmutaron. La miraron sin parpadear, con sus sonrisas felinas, y no se movieron. Al contrario, fue la chica quien retrocedió junto a sus compañeras.

–Malditos animales...

CINCO

Todos tenemos derecho a mentirnos. Incluso, a apostar contra nosotros mismos.

Aquella noche, Manuel Felices durmió poco y mal.

Cuando sonó el despertador, a las ocho de la mañana, lo tiró por la ventana y siguió roncando. La ventana daba a un patio interior en el que yacían los cadáveres despanzurrados de otros cinco despertadores, que habían corrido la misma suerte en los últimos años.

Media hora después, su hija abrió la puerta de su habitación y lo vio roncando. Sonrió y salió de casa sin hacer ruido, camino del instituto.

A las diez y cuarto, Felices volvió a despertar, esta vez por sí solo. Se vistió lentamente, se recalentó un café que no tendría menos de dos días y se lo bebió de un trago. A punto estuvo de abrasarse la lengua. Maldijo en tres idiomas, incluido el arameo. Se colocó la cartuchera, enfundó su Beretta Brigadier, se puso la chaqueta, la gabardina y el sombrero y salió camino de la comisaría.

Al llegar, vio el banquillo de los detenidos lleno de gente que, sin embargo, no parecían detenidos, puesto que no estaban esposados. Cuatro personas más deambulaban por el vestíbulo principal de la comisaría, como si estuvieran esperando algo o a alguien.

–¿Qué pasa, Matilde? –le preguntó a la secretaria–. ¿Quién es esta gente? ¿Qué hacen aquí?

–Han venido a colaborar.

–A colaborar, ¿con quién?

–Con nosotros. Con la policía. Esta mañana, los periódicos han publicado varios artículos detallando los crímenes del Matarife. Al final, se solicitaba la colaboración de todo aquel que pudiese aportar información de interés para la resolución del caso. Y aquí están. Armas, Dávila y Delapuente los están entrevistando.

En efecto, la pasada tarde, después de que Goitia, Navarro y los chicos tomaran el Talgo hacia Alhama, el comisario Petrel y el jefe superior Rocamora, a propuesta del propio Felices, habían autorizado poner a los periodistas al corriente de los detalles de los crímenes del Matarife, por ver si eso daba un nuevo impulso a la investigación. De momento, lo que les estaba dando era un montón de quebraderos de cabeza.

–¿Y Quintanilla?

–Quintanilla ha llamado; está con colitis y hoy no vendrá.

El jefe Felices chasqueó la lengua, fue a su despacho, se quitó el sombrero y la gabardina y se dispuso a colaborar en la tarea de entrevistar a todos aquellos soplones voluntarios.

Durante el resto de la mañana escuchó historias de todo pelaje, muchas de ellas anodinas; otras, sin pies ni cabeza; algunas, acusaciones sin fundamento en la más rancia tradición de las delaciones por pura venganza, tan habituales en los primeros años de la posguerra. Un asco.

A las dos de la tarde, se fue a comer al restaurante del frontón Jai-Alai, en la calle del Requeté Aragonés.

Mañanita de niebla

–La mañana siguiente a nuestra llegada a Alhama resultó divertida –siguió relatando Germán–. Amaneció un día neblinoso, húmedo, calmo. Solo de cuando en cuando nos llegaba desde la carretera el sonido, muy amortiguado, de un camión camino de Madrid o de Zaragoza.

»Los chicos se resistieron a levantarse a la hora prevista, alegando que habían dormido mal, por la falta de costumbre. Yo aproveché aquel momento para acercarme hasta los guardias civiles que vigilaban el acceso al balneario. Se suponía que todo era muy secreto, pero no tuve más que seguir el cable de la radio de campaña que nos habían proporcionado, para dar con ellos.

»Se habían instalado a bordo de un Land Rover corto, nada más atravesar la puerta principal de acceso al balneario, en una pequeña explanada que servía de aparcamiento para los escasos clientes que llegaban en automóvil. En aquellos años, era mucho más habitual viajar en tren o en coche de línea.

–En autobús, quiere decir –puntualizó De la Calva.

–Eso es, sí. En autobús.

Cuando me acerqué, ni siquiera se percataron de mi presencia. Su misión era vigilar a quien pudiera llegar de fuera.

Eran dos. Uno estaba dentro del coche. El otro, junto a la verja de entrada, mirando hacia la carretera.

–Buenos días, señores –dije, en voz alta.

Se sobresaltaron ambos. El de la verja se volvió hacia mí y me apuntó con el máuser. El otro, que lucía galones de cabo, salió del coche y se encaró conmigo.

–¿Quién demonios es *usté*?

No bajaría de los cincuenta y era el prototipo del Guardia Civil rural de la época. Incluso, le favorecía el tricornio.

–Inspector Germán Goitia –me presenté–. Soy el responsable del operativo interior.

–Cabo Santiago Barrios –declaró el benemérito, estrechándome la mano–. El responsable de la seguridad exterior es el teniente Picabea, pero ahora no está.

–Y..., ¿cómo les va?

–Regular –se sinceró el hombre–. En el puesto de Alhama solo somos seis efectivos y tenemos que atender el cuartelillo y estar tres aquí, de guardia permanente. No nos han enviado refuerzos, así que estamos haciendo turnos de dieciséis horas, incluido el teniente, que está que trina. Como esto dure mucho, van a acabar con nosotros.

–No se preocupe, cabo. No durará mucho, ya lo verá.

El guardia de la verja, un tipo grande de unos treinta y tres años, parecía, en la distancia, pendiente de nuestra conversación, pero Barrios le indicó con un gesto que volviese a mirar hacia fuera.

–Oiga, inspector... –me dijo entonces, bajando la voz–. ¿De qué va todo esto? No nos han explicado nada y así resulta difícil interesarse por el trabajo. El teniente dice que es una reunión de presidentes de países.

Sonreí, intentando que creyera que su teniente había dado en el clavo.

–Lo siento, pero no puedo decirle nada. Ya me entiende.

–Sí, sí, claro que le entiendo, inspector, pero...

–Y, entonces..., me dice que solo están tres de guardia.

–Hacemos lo que podemos. Dos aquí y un tercero dando la vuelta a la finca, con el perro. Otro compañero queda al cargo del cuartelillo y, los dos restantes, descansando unas horas para tomar después el relevo. Tremendo.

–Tranquilo, hombre. Pasará pronto –le dije–. ¿A qué hora termina su guardia?

–A las diez de la noche. Nada menos.

–Que sea buena y tranquila.

–Gracias. Y usted, cuide bien de los presidentes.

–Los chicos, Navarro y yo desayunamos tarde. A continuación, Puri Galán le ganó un partido de tenis a Bohórquez, el más impertinente de los muchachos. El que tenía aspecto de inglés.

–Sí, ya, ya...

–Empezó ganando él. El primer set se lo ventiló con facilidad, tirando de golpes muy fuertes. Seis juegos a dos, si no recuerdo mal. Parecía que se iba a llevar el partido de calle, pero después de los dos primeros juegos del segundo set, se desfondó. Empezó a fallar los primeros saques y Puri pudo empezar a colocar sus reveses en el lugar preciso. Era muy buena con el revés. Acabó ganando el segundo por siete a cinco. Y en el tercer set, el definitivo, no hubo color. Ella llevaba a Bohórquez de lado a lado de la pista, sin dejarle ni respirar. Acabó ganando la chica por seis a uno. Yo creo que todos nos alegramos, incluso los chicos. El andaluz no le caía bien a nadie. Tampoco a nosotros. A Navarro y a mí, quiero decir.

–Y ¿cuándo empezaron los crímenes? –le espetó de pronto el inspector Arcusa.

Germán le lanzó al policía una de sus miradas de reproche.

–No me meta prisa. Ya falta poco, pero no me meta prisa o se quedarán sin saber qué ocurrió.

Arcusa apretó los labios y no replicó.

–Siga, Germán –le animó De la Calva, falsamente–. Que esto está más interesante que *El conde de Montecristo.*

–¡Ah! ¿Ha leído usted *El conde de Montecristo*?

–Sí. No, bueno... En... En versión reducida –reconoció el inspector, tras un carraspeo.

–Adaptada. Se dice versión adaptada. ¿Adaptada para adolescentes?

–Algo así, sí.

–Uf..., entonces, no. No se ha leído usted *El conde de Montecristo.* Al menos, no el de Dumas. No se ofenda.

–No, no...

–Después del partido de tenis, dimos un paseo para conocer la finca. No sé de qué manera, acabamos ante el panteón de los dueños de la finca, los Carriedo. Un sitio de lo más extraño, como un trocito de catedral lleno de ataúdes a la vista. De ataúdes y de gatos. No he visto tantos gatos ni tan feos en mi vida. Y con eso, se hizo la hora de comer. ¿Saben? Me gustaba el momento de acercarnos a la cocina y contemplar lo que los chicos de la Escuela de Logística nos habían preparado. Resultaba maravilloso encontrarse la comida allí dispuesta, recién hecha, como caída del cielo. Como el maná.

La ruta del tambor

Tras comer en el Jai-Alai, Felices regresó a la comisaría para proseguir con la tarea de escuchar las historias de quienes querían ayudar y creían tener una pista muy fiable sobre el Matarife.

Sin embargo, al contemplar el aspecto de quienes esperaban para prestar testimonio, decidió dejar las entrevistas en manos de los tres subinspectores y centrarse él en cotejar los pocos datos interesantes reunidos tras las declaraciones de la mañana.

Por supuesto, en los informes aparecían varios nombres de empleados del matadero municipal. Un nombre se repetía hasta en tres ocasiones: Matías Chueca, matarife y con antecedentes penales. Un tipo temible, al parecer. Estaba claro que tenía muchos enemigos y quizá fuera un hombre capaz de cometer un crimen. Pero Felices sabía por experiencia que las posibilidades de que Chueca fuese el verdadero Matarife resultaban minúsculas. Pese a todo, decidió que lo llamaría para interrogarlo.

Siguió buscando algún dato fiable, y leyó con atención, una por una, todas las transcripciones en busca de algún nombre que le trajera a la memoria algún caso olvidado, alguna declaración convincente o, al menos, razonable. Algún algo. Y no hubo nada.

Al dar las ocho, salió de su despacho con la cabeza retumbándole como una cofradía de la ruta del tambor. Aún quedaban varias personas esperando declarar. Les dijo a todas ellas que ya no había hoy tiempo para más testimonios y que, por favor, volvieran al día siguiente. Se quedó allí, en medio del vestíbulo de la comisaría, en pie, de brazos cruzados, asegurándose de que se marchaban. Luego, entró uno por uno en los despachos que utilizaban los tres subinspectores y les dijo que fueran terminando, que ya era hora de dar de mano y que necesitaban descansar.

–Mañana será otro día –sentenció en los tres casos.

Estaba descolgando su gabardina del perchero dispuesto a irse a su casa de inmediato, cuando Dávila se le plantó bajo el quicio de la puerta de su despacho.

–Jefe, tengo ahí a un tipo que me ha contado una historia muy extraña. Diferente de las de todos los demás.

–Enhorabuena –dijo Felices, con ironía–. Igual puedes escribir con ella una novela.

–¿Por qué no la oye usted, a ver qué le parece?

–Porque me voy a casa, Jacinto. Estoy hasta la coronilla de escuchar sandeces, calumnias e infundios. No sé si ha sido buena idea lo de contárselo a los periodistas. No lo sé. Y fue decisión mía, así que no le puedo echar la culpa a nadie.

–Pero..., ya le digo que esto parece distinto.

Felices se colocó el sombrero exageradamente ladeado.

–A ver..., ¿qué tiene de especial?

–El tipo dice que es investigador privado o algo así. Que tuvo acceso a un caso muy antiguo, de cuando la guerra, en el que encuentra claras similitudes con el *modus operandi* del Matarife. Por lo visto, en aquel tiempo, dieciséis niños murieron en un pueblecito del país vasco con el cuello atravesado por un clavo...

–Pero ¡hombre...! –le interrumpió el inspector jefe–. El método del Matarife se describía en los periódicos. La mitad de los que han pasado hoy por aquí decían conocer a alguien capaz de asesinar de esa manera.

–... Por un clavo de matarife metido entre la tercera y la cuarta vértebras –concluyó Dávila, un pelín molesto.

Felices, que estaba anudándose el cinturón de la gabardina, se detuvo y levantó lentamente la vista hacia el subinspector.

–¿Eso ha dicho?

–Tal cual.

–Vaya... Esa información no se la hemos facilitado a los periódicos.

–Ya lo sé.

Felices suspiró y comenzó a desabrocharse de nuevo el gabán.

–¿Cómo se llama el tipo?

–Samuel Zinc.

–¿Zinc? ¿Cómo el metal?

–Sí, como el metal de transición de número atómico treinta.

El lago

–Y por la tarde, fuimos al lago.

–El lago de aguas termales.

–Sí, eso es. Había varios botes, algunos de madera y otros de fibra, ya protegidos con lonas para pasar el invierno. Quitamos la funda de cinco de ellos y los botamos en un pequeño muelle situado junto al puente de madera que unía la orilla del lago con la isla artificial. En una caseta cercana que hacía las veces de pequeño almacén, hallamos remos para todos. La chica soriana y el de Cariñena sabían remar. Navarro y yo, también. Los demás se distribuyeron en nuestros botes, salvo Silvia Ortiz y Tomás Carde, que ocuparon el quinto bote. Ninguno de los dos sabía remar, pero no les hacía falta porque, como es bien sabido, el amor es capaz de mover incluso un trasatlántico. Fue muy divertido, esa es la verdad. El lago era inmenso, la temperatura, fría y el agua, caliente.

–Y, lo mejor: ninguno de ellos sabía lo que les esperaba.

El comentario del inspector Arcusa hizo sonreír a Goitia.

–Es verdad. A veces, me pregunto cómo será.

–¿Qué?

–Vivir el último día de tu vida sabiendo que lo es. Despertar una mañana sabiendo que es la última. No mucha gente puede experimentarlo. Quizá los suicidas y los condenados a muerte.

–Cierto. Casi nadie espera morir el día de su muerte.

Zinc

Felices entró sin llamar en el despacho que había ocupado Dávila hasta entonces. Allí encontró a un hombre con aspecto de corredor de fondo: no muy alto, aún joven, atlético y magro. Cetrino de piel. De ojos pequeños. Permanecía sentado en una silla, las rodillas juntas, las manos sobre los muslos. Tenía la mirada de antracita y una nariz considerable. Nada más echarle la vista encima, el policía llegó a una conclusión evidente: un judío.

–¿El señor Zinc? Soy el inspector jefe Manuel Felices.

–Mucho gusto, inspector –dijo el hombre, estrechándole la mano muy brevemente.

–Mi compañero me ha dicho que es usted detective privado.

Zinc carraspeó largamente.

–Lo soy, pero de un modo diferente a como, quizá, imagina. Trabajo en exclusiva para una..., agencia.

–¿Qué clase de agencia?

–Cierto tipo de agencia de un determinado país.

Felices torció el gesto.

–Mire, señor Zinc, si quiere que le tome en serio, déjese de gaitas.

El tono firmísimo de Felices llevó al judío a levantar las manos.

–Está bien, está bien. Se trata de una agencia gubernamental. De Israel.

El policía resopló ruidosamente.

–Amigo, en ese caso, espero que tenga todos los papeles en regla. Como bien sabe, España e Israel no mantienen relaciones diplomáticas.

–Oh, sí, sí..., no se preocupe. Soy ciudadano español, ningún problema. En realidad, trabajo para ellos, precisamente, porque mis jefes no pueden tener presencia oficial en España.

–Bien. Y..., ¿a qué demonios se dedica esa agencia?

–A buscar por todo el mundo a criminales de guerra nazis huidos de la justicia internacional.

Felices contuvo un escalofrío. La cosa se ponía resbaladiza. Pero, por otro lado, si Zinc decía la verdad, no era un simple cantamañanas como la mayoría de quienes habían desfilado por la comisaría a lo largo del día.

–Entiendo. Entonces..., usted dirá.

–Mi cometido es descubrir a nazis refugiados en España. Son bastantes, pues su jefe del Estado hacía buenas migas con Adolf Hitler y la policía española no pone demasiado empeño en localizar y detener a estos criminales de guerra.

–Si puede ahorrarse los comentarios colaterales e ir al grano, sería todo mucho más fácil, señor Zinc. No me ponga en un compromiso.

Samuel Zinc sonrió como un chacal.

–De acuerdo. Verá: hace unos ocho años localizamos a un Sturmbannführer de las SS que había estado aquí, en España, en misión especial durante la Guerra Civil y que, tras la Guerra Mundial, regresó para esconderse de la justicia. Se llama Hermann Wankel. Hace cuatro años, por un chivatazo, supe que estaba en Barcelona. Sin embargo, logró darme esquinazo y le perdí la pista. Una pista que no he vuelto a encontrar a día de hoy.

–¿Y qué tiene que ver con el caso del Matarife?

–Resulta que, cuando mis compañeros y yo investigamos la estancia de Wankel en España, nos topamos con una historia ciertamente singular. Durante la Guerra Civil, él tenía una amante española llamada..., déjeme ver..., llamada Begoña Zubeldia.

Zinc había sacado del bolsillo una libreta en la que consultar el dato. Al escucharle, Felices creyó oír el tañido de una campanita chiquitina sonando en el interior de su cerebro. De repente, su interés se multiplicó.

–Siga.

–Vivían en un pequeño pueblo de Guipúzcoa, poco más que una aldea. Barrutia, cerca de Guernica. Supongo que recuerda usted el bombardeo de la Legión Cóndor alemana sobre Guernica y otros lugares. El cuadro de Picasso... En fin, ya sabe.

–Eeeh..., sí, sí, desde luego.

–El bombardeo tuvo lugar en abril de mil novecientos treinta y siete. El día veintiséis, concretamente. Pues bien, a la mañana siguiente, Begoña Zubeldia, que trabajaba en el matadero de Barrutia, acabó en la escuela del pueblo con la vida de dieciséis niños de entre nueve y trece años clavándoles un punzón de matarife en el cuello.

–Entre la tercera y la cuarta vértebras.

–Así es.

Felices se atusó las guías del bigote con la mirada perdida y pensativa. Unos segundos más tarde despertó, de repente.

–¿Qué ocurrió después?

–Wankel intentó salir del país y regresar a Alemania llevándose consigo a la mujer y a su hijo de once años.

–Perdone..., ¿un hijo de ambos?

–No, no. Wankel apenas llevaba un año en España. El chico era hijo de la mujer. Ella estaba separada de su marido. O el marido los había abandonado..., no sé, algo de eso.

–Ya.

–Pero cuando intentaban cruzar la frontera de Irún, fueron detenidos y, la mujer, acusada de la muerte de los chicos. El país estaba en guerra. La sometieron a un juicio rápido y sin muchas garantías, en el que ella confesó los crímenes. La condenaron..., y la fusilaron al día siguiente.

–¿Y dijo por qué lo hizo?

–Durante el juicio contó una extraña historia sobre que los niños iban a ser secuestrados y llevados a Alemania para experimentar con ellos. Y antes de que eso ocurriese, prefirió acabar con sus vidas.Tras la confesión de la mujer, Wankel quedó libre y pudo salir de España acompañado por el chico y llegar ambos a Alemania.

Zinc calló. Felices había comenzado a mover nerviosamente el pie derecho bajo la mesa, sin darse cuenta.

–Una historia llamativa, en efecto. ¿Eso es todo?

–Bueno..., el resto no es tan excepcional. Según pudimos averiguar después, en los años siguientes, Wankel fue destinado como oficial a dos campos de exterminio nazis donde cometió toda suerte de atrocidades. Tras la guerra, debería haber sido juzgado y condenado a muerte por ello en los procesos de Núremberg, pero consiguió escapar. Volvió a España y desapareció. Hace cuatro años, como ya le he dicho, lo localizamos en Barcelona. Pero de nuevo se nos escurrió entre los dedos y no hemos vuelto a saber de él.

Felices quedó pensativo unos segundos.

–Ya, ya... Oiga, ¿cómo pudo la mujer matar a todos esos chicos? Y ¿dice usted que lo hizo en un solo día?

Zinc consultó su libreta.

–En efecto. Al parecer, los mató a todos a la vez. Bueno, uno detrás de otro, claro, pero..., sí, el mismo día. Aparecieron los dieciséis cadáveres juntos, en la escuela de Barrutio. Barrutia, quiero decir.

–¿Cómo pudo hacerlo? ¿Por qué los chicos no huyeron cuando ella empezó a descabellar a sus compañeros?

El judío se alzó de hombros.

–No lo sé, inspector. Desconozco los detalles.

Felices estaba pensando a toda máquina. Parecía buscar con la mirada algo sobre la mesa.

–Dígame, ¿por qué ha venido a contarnos esto? –le preguntó de pronto al judío.

–Pues porque..., me llamaron la atención las similitudes: víctimas jóvenes, el punzón de matarife atravesando el cuello...

–Sí, bien, pero ¿qué saca con esto? Perdone, pero me cuesta aceptar que alguien como usted quiera colaborar con la policía española.

Zinc sonrió, aunque nadie lo habría dicho.

–Su actual Matarife no puede ser Edurne Zubeldia. Más que nada, porque está muerta. Pero me pregunto si..., si aquel juicio tan apresurado no pudo condenar a la persona equivocada.

Felices sintió un remoto escalofrío.

–Ya entiendo. Usted piensa que quien mató a aquellos niños no fue ella..., sino Wankel. El hombre al que usted busca.

Zinc abrió las manos.

–Carezco de pruebas. Pero hay posibilidades de que Wankel sea su asesino. El Matarife. Ahora tendrá solo sesenta y tres años. No es demasiado viejo para ser un criminal en activo. Atraparlo sería un éxito para usted..., y también para mí.

Felices ni siquiera parpadeó.

–¿Es posible que Wankel haya cambiado de identidad en los últimos años?

Zinc asintió.

–No solo es posible, sino que es lo más probable. Sería la razón por la que no he vuelto a encontrar su pista después de casi atraparlo en Barcelona.

Felices inició un largo silencio que Zinc respetó, pues sabía que el policía estaba tratando de tomar una decisión trascendental. Por fin, lo hizo, hablando muy despacio.

–Quizá ese criminal nazi haya cambiado su apellido por el de Bösen.

–¿Bösen?

–Rainer M. Bösen. Investíguelo.

Zinc achicó la mirada.

–Lo haré. Gracias por la información, inspector.

Después de unos segundos, Felices se levantó del asiento, obligando a Zinc a hacer lo propio. Ambos se estrecharon la mano por encima de la mesa. Cuando estaba a punto de salir del despacho, Samuel Zinc se detuvo.

–¿Sabe lo que Bösen significa en alemán, inspector?

–No, no sé alemán.

–Significa «la maldad».

Felices siguió a Zinc con la vista mientras cruzaba el vestíbulo de la comisaría y salía a la calle de Ponzano. Luego, regresó a su mesa y enterró la cara entre las manos, tratando de mantenerse a flote en medio del torbellino de ideas que azotaba su mente. Tras un par de minutos, tomó una decisión. Salió al vestíbulo y se dirigió al mostrador.

–Matilde, ¿recuerda cómo se llama el inspector Goitia de segundo apellido?

La secretaria frunció tanto el ceño que se le dibujó una H mayúscula en el entrecejo.

–No estoy segura pero, desde luego, es un apellido vasco. Algo así como Zubiaurre..., o Zubillaga. ¿Quiere que lo mire en su ficha?

–¿Zubeldia, quizá?

–¡Ay, sí, eso es! Zubeldia. ¿Por qué lo pregunta?

En lugar de responder, Felices desgranó por lo bajo una blasfemia que hizo sonrojarse a la secretaria.

El inspector Arcusa hacía unos minutos que ya no tomaba notas. Solo miraba fijamente a Germán Goitia, aquel anciano que contaba con precisión milimétrica una historia asombrosa ocurrida más de medio siglo atrás. En ese punto, decidió interrumpir su narración.

–Disculpe, Germán. ¿Es realmente cierto lo que le contó ese judío al inspector Felices?

–Lo es, lo es. Punto por punto.

–¿Nos está diciendo que su madre mató a dieciséis niños clavándoles en el cuello un punzón de matarife?

–No, no, no... Lo que he contado es que la acusaron de hacerlo, que es algo muy distinto. La acusaron, la condenaron a muerte y la ejecutaron por ello, pero mi madre no mató a esos chicos.

–¡Acaba de decir que ella confesó los crímenes!

–Es cierto, pero ella no los mató.

–¿La obligaron a confesar dieciséis asesinatos? ¿La torturaron para que lo hiciera, acaso?

–Tampoco. Ella confesó voluntariamente.

Los dos policías se miraron de refilón. Aquello parecía una prueba de ingenio. Uno de esos problemitas de lógica que tanto gustan a ciertos profesores.

–¡Ya sé! –exclamó Arcusa, de pronto–. Ella confesó voluntariamente..., para librar a su amigo, el alemán, que fue el verdadero asesino de esos niños.

Goitia sonrió, abrió la mano derecha y la hizo girar en un movimiento de vaivén.

–¡Huuuy...! Caliente, caliente. Pero tampoco es esa la solución del acertijo. Mi madre estaba enamorada de ese hombre, pero no hasta el punto de dar su vida a cambio de la de él.

–¡Lo tengo! –casi gritó De la Calva–. ¡Usted asesinó a esos niños! ¡Fue usted! Su madre no daría su vida a cambio de la del alemán, pero sí la daría a cambio de la de su hijo.

Ahora fueron Arcusa y Goitia los que intercambiaron una mirada.

–Pero, hombre, por Dios... –dijo el anciano–. Yo entonces tenía once años. ¿Cómo puede pensar que iba a matar a dieciséis de mis compañeros de colegio? Eso no tiene ni pies ni cabeza.

–Está bien, Germán. Nos rendimos –admitió Manuel Arcusa–. ¿Cuál es la solución?

Goitia suspiró, como el maestro que se enfrenta a dos alumnos duros de mollera.

–Mi madre no confesó para salvar a nadie. Confesó los crímenes porque realmente pensaba que los había cometido –dijo después.

De la Calva y Arcusa parpadearon, perplejos.

–Ah, vaya... Y ¿cómo es eso posible? –dijo el primero.

–Si me dejan seguir con mi historia, lo sabrán muy pronto.

Arcusa y De la Calva chasquearon la lengua, casi al unísono.

–Faltaría más. Adelante, adelante. Siga usted.

Manuel Felices regresó a su despacho, se dejó caer sobre su sillón y se sujetó la cabeza con las manos, tratando de que el mundo dejara de moverse. La información suministrada por Samuel Zinc acababa de dar un giro inesperado al caso del Matarife.

Le costó más de diez minutos serenarse y conseguir pensar con claridad. Entonces, apretó el botón del interfono.

–Matilde...

–Diga, jefe.

–Póngame con el comisario.

–¿Quiere decir que lo llame a su casa?

–Sí, llame y pásemelo. A continuación, intente localizar también al gordo.

–¿A quién?

–Al jefe superior Rocamora.

Medio minuto después, sonó el teléfono del despacho y Felices descolgó.

–¿Podría hablar con el comisario Petrel, por favor?

–Lo siento –respondió una voz femenina. La de la doncella, sin duda–. El señor Petrel y su esposa han salido. Han dicho que no vendrían a cenar.

–¿Sabe dónde puedo localizarle?

–No, lo siento.

Matilde apenas tardó otro minuto en darle noticias parecidas sobre el jefe superior. También estaba ilocalizable.

Felices gruñó como un oso al darse cuenta de que tenía dos opciones: esperar a mañana o ser él quien tomase las siguientes decisiones. Ninguna de las dos era de su agrado, pero consideró que esperar era la peor, con diferencia.

–¡Dávila! –gritó, saliendo de nuevo de su despacho.

El subinspector se levantó de su mesa como impulsado por un muelle.

–¿Sí, jefe?

–Acompáñame a casa de Goitia.

–¿Para qué?

–Vamos a registrarla.

–Pero... Goitia está en Madrid. ¿Vamos a entrar en su casa sin su permiso?

–Exacto.

–Eeeh..., y ¿no necesitamos una orden judicial para eso?

–Hombre, claro. Y el beneplácito del arzobispo, no te fastidia... Vamos, coge las llaves del Milquinientos y deja de poner pegas.

–Lo que usted mande, jefe. Por cierto, ¿qué es un beneplácito?

Desengaño 7

Goitia vivía en el número 7 de la calle del Desengaño, que ni siquiera era una calle, sino un callejón sin salida, un espacio entre edificios, sórdido, húmedo y maloliente, aunque muy céntrico, a tan solo cinco minutos andando de la plaza del Pilar, en pleno casco histórico.

Dávila y Felices salieron a Independencia en dirección a la plaza de España, giraron a la izquierda hacia el Coso alto; luego, a la derecha por Alfonso y se metieron en contradirección por la calle de Fuenclara, donde aparcaron frente al arranque del callejón subiendo a la acera las dos ruedas del lado derecho del vehículo.

Entraron andando en Desengaño, por donde no cabía un coche, y al llegar frente al número 7 comprobaron que el portal estaba ya cerrado, así que batieron palmas y dieron voces llamando al sereno, que apareció enseguida procedente de la cercana plaza de San Felipe.

–¡Serenooo...!

–¡Ya va, ya va! ¡Caramba, qué prisas!

–¡Policía! –exclamó Dávila, levantando la placa–. ¡Ábranos este portal!

El sereno apretó el paso. También apretó el culo, porque se puso muy nervioso. Tropezó y estuvo a punto de caer. Se hizo un lío con los manojos de llaves. Trató de abrir la puerta con el llavín que no era y se le cayó el chuzo al suelo entre bochornosos tartajeos.

–¡Por fin! –dijo, probando con una segunda llave–. Esta es, sí, ya decía yo, ya... Pasen, pasen. ¿Quieren que les acompañe?

–No es necesario, pero permanezca por aquí cerca, por si requerimos su ayuda.

–A la orden de usía –dijo el sereno, doblando el espinazo.

Goitia vivía en el tercer piso, el último, pero los techos eran tan altos que equivalía al menos a un quinto. No había ascensor, así que Felices y Dávila subieron por las escaleras a buen paso y llegaron arriba al borde de la asfixia. Tras pararse a recuperar el aliento, la emprendieron con la puerta. Primero, Felices cargó contra ella con el hombro. Al tercer intento, sintió un dolor desgarrador bajándole hasta el codo. Le pasó el turno a Dávila, que descargó dos patadones terribles con las mismas nulas consecuencias.

–Anda, aparta –ordenó entonces el inspector jefe, sacando su pistola.

Sin encomendarse a santo alguno, descargó dos tiros contra la cerraja. Se oyeron gritos en otro de los pisos de la casa. Después de eso, la nueva patada del subinspector Dávila ya encontró el terreno abonado y resultó eficaz, por fin.

Felices palpó con la mano hasta dar con el interruptor y encendió las luces del piso.

–Vamos, adentro.

–¿Qué buscamos, jefe?

–Lo sabremos al encontrarlo.

–¡Vaya! Como en las novelas de detectives, ¿eh? ¿No puede decirme, al menos, si es animal, vegetal o mineral?

–Calla y mira.

El piso olía raro, como la rebotica de una farmacia, a una mezcla de alcohol y penicilina. El acceso se efectuaba a través de un vestíbulo pequeño, una especie de distribuidor en el que se abrían cuatro puertas que conducían respectivamente al salón, el cuarto de baño, un dormitorio y la cocina. Un piso sin pasillo, por tanto.

Dávila y Felices decidieron empezar su registro por el salón donde, en un primer vistazo, no hallaron nada anormal: libros de la editorial Aguilar y del Círculo de Lectores, revistas españolas, alemanas y también algunas francesas –varios números atrasados de *Paris-Match*–, una buena radio, marca Telefunken, y un mueble bar razonablemente bien surtido. Cuadros sin ningún valor. Una mesa con cuatro sillas y un sillón de orejas tapizado en una discutible mezcla de negro y amarillo, bajo una lámpara de pie, con pantalla de papel vegetal e interruptor de cadenita. Un buen sitio para leer, sin duda.

De ahí, pasaron al baño, minúsculo, con solo taza, lavabo y plato de ducha, sin bañera. Al abrir la puerta, dieron explicación al extraño olor que flotaba en el ambiente. El olor de fondo, a moho, era el propio del piso, pero allí olía intensamente a...

–¿A qué huele? ¿A loción para después del afeitado?

–Desde luego, no es la que yo uso –dijo Dávila.

En una pequeña papelera situada bajo el lavabo hallaron los restos de un frasco de cristal.

–Hizo la maleta con prisas y, cuando recogía los útiles de aseo, se le cayó al suelo este frasco –dedujo Felices.

–Pero no lleva etiqueta y parece demasiado grande para ser un *after shave*.

La siguiente habitación era un dormitorio. En uno de los lados tenía una cama individual y un gran armario. En el otro lateral, una mesa de despacho antigua, de madera oscura, con tres cajones a cada lado y una silla con brazos y respaldo curvo, también de madera. Y frente a la puerta de entrada se abría una alcoba a la que se accedía mediante un curioso arco de medio punto, en la que vieron una cama grande, deshecha, y una mesilla de noche.

–Aquí es donde duerme –dijo el inspector; luego, señaló la mesa de cajones– y ahí es donde trabaja.

Felices intentó abrir los cajones, pero estaban trabados con algún mecanismo secreto y desistió.

–Vamos a seguir –le indicó a al subinspector–. Pero si no encontramos nada, habrá que buscar el modo de forzar esos cajones.

Solo quedaba por inspeccionar la cocina. Pequeña y difícil, con una extraña forma de doble ele, tenía una ventana grande que se abría a un patio interior tiralineado por cuerdas de tender. Sin embargo, disponía de electrodomésticos modernos, cocinilla eléctrica esmaltada en blanco, con cuatro discos y horno incorporado. Un gran termo también eléctrico, suspendido en horizontal cerca del techo, sobre dos grandes escuadras metálicas. Encimera de mármol, fregadero de granito y pila para lavar la ropa, con una turbina de goma, antepasada de las lavadoras automáticas.

Pero quizá lo más llamativo era un frigorífico azul claro, de la marca Kelvinator. Muchos hogares españoles aún se valían de las fresqueras o de las neveras de hielo, que se repartía cada mañana en grandes barras, como se reparten hoy en día las bombonas de butano. Pero Goitia parecía ser un tipo de lo más moderno.

Dávila enseguida reparó en el Kelvinator.

–Fíjese, jefe... Mi mujer no hace más que darme la lata para que le compre uno como ese. Los hay más baratos, claro, pero ella quiere el mejor. Y, por lo visto, el mejor es el Kelvinator.

–Alemán, claro.

–Hum..., creo que no. Americano, me parece.

–Qué raro.

Sonriendo como el dependiente de una tienda de electrodomésticos, el policía tiró de la manilla de la puerta y abrió el frigorífico. De inmediato, les llegó una vaharada del mismo olor que invadía el cuarto de baño.

En la parte inferior, el aparato disponía de un cajón para verduras, frutas y hortalizas, que Goitia tenía bien surtido. En el interior de la puerta, vieron media botella de leche y algunos huevos. En los estantes, un bol grande, de Duralex, con carne picada; otro, con restos de un guiso y dos libras de chocolate de Elgorriaga; una de ellas, empezada. Pero su atención se había posado inevitablemente en una jarra de cristal situada sobre el estante central. Parecía ser la fuente de aquel olor intenso y volátil.

–¿Qué demonios es eso, jefe? ¿Huevos duros con tomate? Pero son muy pequeños para ser huevos de gallina. ¿Serán de paloma, quizá?

Cogió la jarra para echarle un vistazo en el mismo momento en que Felices entendió lo que ocurría.

–¡No! –exclamó, alzando la mano–. ¡Déjala...!

El aviso llegó tarde. El subinspector se había acercado la boca de la jarra para ver de cerca su contenido. Al momento, lanzó un grito, retrocedió un paso y la dejó caer.

La jarra se rompió en pedazos esparciendo sobre el suelo trozos de vidrio, ocho globos oculares y restos de formol, alcohol y sangre coagulada.

Robagallinas y picoletos

Después de la cena, los chicos se retiraron sin rechistar a sus habitaciones. Navarro y yo deberíamos haber sospechado de tanta docilidad, pero supongo que preferimos no hacernos preguntas.

Unos minutos más tarde, contemplábamos el pasillo de nuestras habitaciones desde uno de sus extremos.

–Tranquilo y silencioso como las cuevas de Altamira –dijo Navarro.

–Como las cuevas de Altamira antes de ser descubiertas –puntualicé.

–Eso quería decir. Oye, mira, macho, yo me voy a dormir, que estoy reventado, no entiendo por qué. Tampoco ha sido un día especialmente duro, pero lo cierto es que estoy hecho migas.

–Pues yo, en cambio, me encuentro totalmente desvelado.

–Y ¿qué vas a hacer?

–Creo..., que voy a acercarme hasta el Land Rover de los picoletos.

–¿Para qué?

–Me han dicho esta mañana que hacían el relevo a esta hora. Quiero conocer al resto del destacamento. En especial, al teniente Picabea, el jefe de puesto.

–No veo la necesidad, pero, en fin..., si te apetece hacer amigos, adelante. Dales recuerdos de mi parte.

Con un bostezo largo y sin ningún disimulo, Navarro se encaminó a su cuarto.

Yo salí del hotel en dirección al aparcamiento de la entrada. La noche era fría como la nariz de un esquimal y la luna, menguante, amarillenta como un enfermo del hígado. El rumor del río Jalón semejaba un interminable gargarismo que no parecía presagiar nada bueno.

Al aproximarme al Land Rover, de improviso, me deslumbró la luz de una linterna potente.

–¡Alto a la Guardia Civil!

–¿Se lo pueden imaginar? ¡Me echaron el alto así, con la fórmula de siempre, como si fuera un vulgar robagallinas!

–Qué falta de delicadeza –comentó De la Calva, pleno de ironía.

–Calma, señores, calma. Soy el inspector Goitia –dije, alzando los brazos.

El cabo Barrios me reconoció y tranquilizó a los demás.

–Es el jefe del dispositivo interior.

Los cinco guardias me miraron como si tuviese la culpa de todas sus desgracias.

A la mortecina luz de las farolas, Barrios me presentó a sus compañeros: Antolín López, Emilio Abad y Mariano Antoranz. Los saludé uno por uno, con un apretón de manos. Ellos, además, se cuadraron ante mí y me saludaron militarmente, alzando la mano hasta el tricornio. No así el teniente Fidel Picabea, que me miró con desconfianza y solo me dirigió un gesto de la cabeza.

–No sé qué está ocurriendo en este balneario, inspector, pero yo necesito más hombres si quiero garantizar la seguridad exterior. ¿Puede usted hacer algo a ese respecto? –me preguntó, sin preámbulos.

–No, lo siento, teniente. Yo aquí estoy al cargo, pero no tengo mando alguno. Los jefes han pensado que el secreto de la operación era más importante que nada. Y menos hombres significa menos posibilidad de filtraciones. Supongo que tendrán que seguir apañándoselas ustedes cinco. Aunque yo pensaba que eran seis.

–Somos seis, en efecto. Pero uno de nosotros tiene que permanecer siempre en el cuartelillo, por si hay una llamada de emergencia. Ahora está cubriendo ese puesto el cabo primero Bazán.

–Bazán, ¿eh? Bien, bien...

La actitud de Picabea no podía ser más hostil, así que decidí probar un viejo truco. Señalé la cartuchera que llevaba colgando del cinturón.

–Bonita pistola, teniente. Yo diría que no es la reglamentaria Astra del nueve largo.

Pocas cosas hay que halaguen tanto a ciertos militares como una alabanza hacia su armamento. Picabea resultó ser de esos. Sonrió de inmediato, mientras sacaba el arma para mostrármela. Llevaba cachas de madera labrada.

–¿Le gusta? –me dijo–. Es una Sig, de fabricación suiza. Calibre nueve Parabellum.

–Es preciosa, teniente. Realmente preciosa.

Eché mano a la sobaquera y saqué mi Smith & Wesson.

–¡Vaya! –exclamó él, al verla–. Tiene muy buena pinta. ¿Una Smith and Wilson?

Asentí, sin sacarlo de su error.

–En efecto. Ya veo que es todo un experto. Pero quizá nunca haya visto lo que voy a mostrarle.

Enganchada en el cinturón llevaba la funda de cuero que alojaba el silenciador.

Al verlo, los ojillos de Picabea brillaron en la oscuridad.

–¡Caramba! –exclamó en un admirado susurro–. ¿Es un silenciador? ¡Es un silenciador! No sabía que este modelo pudiera montarlo.

–Esta es una serie especial. Fabricada para el ejército norteamericano.

Uniendo la acción a la palabra, comencé a roscarlo en el extremo del cañón de mi Modelo treinta y nueve.

Cadena de mando

Dávila se sirvió un vaso de agua del grifo y se lo bebió de un trago. Había gritado tanto al ver los ojos diseminados por el suelo, que le ardía la garganta. Luego, miró a Felices, que se había sentado en una de las sillas del cuarto de estar, apoyaba el codo en la mesa y se sujetaba la frente con la mano.

–¿Son los ojos de las víctimas? –preguntó el subinspector, de improviso.

Felices lo miró con cierta perplejidad.

–Pues claro, hombre. ¿De quién van a ser, si no?

–Pero..., pero esto significa, significa..., que Goitia es el Matarife.

El inspector ni asintió ni negó.

–Pero ¡no puede ser! –exclamó Dávila–. ¡Es uno de los nuestros!

–Lo cual le ha supuesto una enorme ventaja para matar sin dejar rastro ni levantar sospechas.

Dávila seguía negando con la cabeza, como un autómata.

–Aún no puedo creerlo. Y ahora ¿qué vamos a hacer?

–No lo sé. ¡No lo sé, todavía, demonios! De momento, vamos a calmarnos. Déjame pensar.

–Pero ¿dónde está Goitia? Han dicho que iba a Madrid, con Navarro. Habría que llamar allí, para que lo detengan los compañeros.

Felices suspiró. Las cosas no podían pintar peor. Goitia había sido listo. Endemoniadamente listo. Uno por uno, jamás habría logrado matar a todos los primogénitos. Ahora, sin embargo, los tenía a todos juntos, a su alcance. En el lugar que él había escogido. El jefe superior, el comisario Petrel y él mismo se habían dejado convencer para enviar a esos chicos a la muerte. Estaban en sus manos y podía acabar con ellos con toda tranquilidad. Quizá, a esas horas, ya lo había hecho.

–¡Maldita sea...! –gimió Felices con desesperación.

De pronto, recordó que también Navarro estaba allí, en Alhama. No tenía modo alguno de alertarlo y, por supuesto, su vida también estaba en peligro.

–¿Qué hacer? ¿Qué? –se preguntó Felices en voz alta, con desespero.

De pronto, vio claro que su mejor opción pasaba por dar aviso al destacamento de la Guardia Civil que vigilaba el balneario Carriedo. Pero..., ¿cómo llegar hasta ellos?

Se levantó, se dirigió al teléfono, que estaba sobre la mesilla de noche de la alcoba, y llamó desde él a la centralita de Ponzano.

–Comisaría de Centro. Dígame.

–¿Matilde?

–Matilde ya ha terminado su turno. Soy Maruja.

–Ah, Maruja... Soy Felices. Anda, búscame el número del cuartelillo de la Guardia Civil en Alhama de Aragón... Alhama, sí. ¡Deprisa! Y, en cuanto cuelgues, avisa al forense Cortés. Que se pase cuando pueda por el domicilio de Goitia. Desengaño, número siete, tercero. Es una bocacalle de Fuenclara.

Maruja era una telefonista muy eficaz. Tomó nota de todo sin hacer ninguna pregunta. Un minuto más tarde, le dictaba al inspector Felices el número del cuartelillo de Alhama, que el inspector marcó a continuación, nada más colgar. Pero era una llamada provincial, a través de operadora. Tuvo que identificarse y solicitar máxima urgencia.

Por fin, cinco minutos más tarde, sonó tres veces el timbre y alguien descolgó al otro lado.

–Guardia Civil, dígame.

–¿Es el puesto de Alhama?

El tono de Felices puso en alerta de inmediato al benemérito.

–Cuartelillo de Alhama de Aragón, al habla. Diga.

–Soy el inspector jefe Manuel Felices, de la comisaría central de Zaragoza. ¿Con quién hablo?

–Cabo primero Valero Bazán, a sus órdenes.

Felices tomó aire. Los nervios le impedían hablar con fluidez.

–Escuche, Bazán: necesito ponerme en contacto de inmediato con los guardias destacados en el balneario Carriedo.

–¿Cómo dice? Pero..., ¡pero eso es un secreto! ¿Usted cómo sabe...?

–¡Cállese y atienda! ¡Esto es de una importancia capital! ¿De cuántos hombres dispone ahora mismo?

–¿Ahora mismo? De ninguno. En el cuartel estoy yo solo. Mis compañeros están..., bueno, todos ellos están ahí donde usted dice. Pero debo insistir en que se trata de una información secreta.

–¡Déjese de secretos y de gaitas! –estalló Felices–. Llámeles ahora mismo. Tienen que entrar en el balneario y detener al inspector Germán Goitia. ¿Me ha entendido? ¡Germán Goitia! Pero que vayan con cuidado. Es un asesino muy peligroso. ¡Y, por supuesto, va armado!

–Eeeh..., disculpe, pero nuestras órdenes son vigilar que nadie traspase el perímetro del lugar que..., que usted ya sabe. No estamos autorizados a entrar en el sitio..., ese sitio del que estamos hablando. Cualquier alteración de esas órdenes me debe llegar del comandante de puesto, el teniente Picabea.

A Felices le rechinaron los dientes.

–¡Escúcheme bien, Bazán, por su madre! –dijo, tratando de no perder los nervios–. Comprendo que esas eran sus órdenes, pero le aseguro que se trata de una emergencia. ¡Una cuestión de vida o muerte! ¡Y si no me hace usted caso, morirán varios niños y su carrera dentro de la Benemérita se acabará para siempre! ¿Lo oye? ¡Para siempre!

Le dolió al guardia aquella amenaza.

–Lo siento, pero no puedo recibir órdenes de alguien que me llama por teléfono diciendo ser un inspector de policía.

–¡Inspector jefe!

–Lo que sea. No lo conozco de nada y no es usted mi superior en modo alguno. Ni siquiera tengo pruebas de que usted sea quien dice ser. Podría tratarse de una broma. ¡O de una trampa! Necesito órdenes que procedan de mi cadena de mando natural. Haga usted que sus superiores llamen a los míos y que ellos me llamen a mí. Así es como se hacen las cosas. El reglamento.

–¡Métase el reglamento donde le quepa! ¡Esto es una emergencia! ¿Es que no lo entiende? ¡Están en grave peligro las vidas de nueve niños y un policía! ¡Y las de sus compañeros!

–Lo lamento mucho, pero yo no puedo hacer nada si no recibo órdenes de mis mandos.

–¡Se le va a caer el pelo, Bazán! –gritó Felices, fuera de sí–. ¡Se le va a caer el pelo! ¡Haré que lo destinen a regular el tráfico de camellos en Villa Cisneros!

Y colgó. En realidad, colgó antes el guardia civil, pero Felices lo hizo tan de inmediato que los clics de ambos aparatos casi sonaron al unísono.

El policía lanzó uno de sus habituales juramentos altamente blasfemos. Su compañero lo contempló con cierta prevención.

–¿Qué está pasando aquí, jefe? –preguntó Dávila–. Le acabo de oír decir que los chicos están en peligro. Pero los chicos están en sus casas, ¿no? ¡No entiendo nada!

Felices apretó los dientes y respiró hondo, tratando de serenarse.

–Vámonos –dijo de pronto.

–¿Adónde?

–¡A Alhama de Aragón! Te vienes conmigo. Yo conduzco.

–Ni hablar, jefe. Vamos a donde usted diga, pero conduzco yo, que lo veo muy, pero que muy nervioso.

El chistido de la muerte

El cabo primero de la Benemérita Valero Bazán colgó el teléfono de mal talante y trató de seguir leyendo *La familia de Pascual Duarte*. Estaba seguro de haber actuado de forma reglamentaria. No tenía modo de confirmar la identidad de ese policía. Y no podía..., no debía abandonar su puesto. Había hecho bien. Lo correcto.

Pero ya no pudo volver a concentrarse en la lectura.

Aquella llamada telefónica, en principio, le había parecido un disparate. Pero, ahora, empezaba a dudar. Lo cierto es que el tipo aquel sabía de la existencia del operativo montado en torno al balneario Carriedo. Un operativo secreto que muy pocas personas podían conocer. Quizá, solo quizá, era preferible asegurarse.

Desde el comienzo de la operación Carriedo, el único vehículo a motor de la guarnición, el Land Rover 88, permanecía a las puertas del balneario, así que tomó el fusil, el capote y el tricornio y, montando en una de las bicicletas oficiales, se dirigió hacia allí.

Alhama de Aragón era una localidad privilegiada. Tenía balnearios, tren, río y carretera nacional. Sin embargo, la N-II ya no atravesaba el casco urbano. Desde hacía algunos años, la construcción de un túnel había permitido esquivar el pueblo, lo que facilitó además la llegada de coches y autocares a las Termas Carriedo por su puerta principal.

En apenas siete minutos, con un pedaleo enérgico, Bazán llegó a las inmediaciones del balneario. Echó pie a tierra y dejó la bici apoyada contra la tapia. Se aseguró de que su viejo fusil Mauser tenía el peine de cinco balas correctamente encajado en su alojamiento y se acercó a la entrada del recinto. Enseguida, distinguió el Land Rover en su lugar habitual, aunque le extrañó no ver a su alrededor a ninguno de sus compañeros.

Cuando empujó la verja de entrada, esta se abrió sin oponer resistencia.

–¿Mi teniente?

Miró a su alrededor, cada vez más inquieto. Se acercó al todoterreno y echó un vistazo a su interior. Vacío.

–¡Emilio...! ¡Mariano...! ¿Dónde estáis?

En ese momento, oyó ruido a su espalda.

–¡Eh, hola! ¿Es usted Bazán? ¿El cabo primero Bazán?

Era un hombre de mediana edad, cercano a la cuarentena. Con los ojos pequeños, como canicas de cristal oscuro, tez pálida y el pelo muy corto, liso y brillante. «Un vasco», se dijo el guardia, de inmediato, poniéndose en tensión.

–Sí, soy Bazán. ¿Quién es usted?

–Mucho gusto. Soy el inspector Germán Goitia, de Zaragoza. Soy el jefe del operativo interno.

Germán Goitia, repitió Bazán en su fuero interno. Justo el nombre que había mencionado el tipo que llamó por teléfono. ¿Qué había dicho de él? ¿Un asesino peligroso? Bazán intentó sonreír, pero los músculos del rostro se negaron y el resultado fue una mueca ridícula.

–Mucho gusto, inspector –disimuló el guardia civil–. Buscaba a mis compañeros. ¿Sabe dónde están?

–Sí, claro. Están ahí, al lado. Tenemos un puesto de mando. Les estaba explicando en qué consiste esta operación. Creo que les vendrá bien saber por qué están ustedes aquí. Cuál es el sentido de su misión.

–Y..., ¿han abandonado la vigilancia? ¿Todos?

–Oh, bueno..., va a ser solo un momento. Enseguida regresarán a sus puestos. Venga, venga, acompáñenos usted también.

Goitia le dio la espalda y avanzó en dirección al hotel. Bazán le siguió, con la boca seca. Sabía lo que tenía que hacer, pero ignoraba si sería capaz de hacerlo. Con rapidez, se descolgó el fusil del hombro. Por desgracia, necesitaba montar el cerrojo para poder disparar. Lo hizo rápido y en silencio, en apenas un par de segundos.

–¡Deténgase, Goitia! –ordenó, mientras se echaba el arma a la cara.

Sin embargo, para entonces, Germán Goitia se había girado, ofreciendo solo su perfil derecho, y le apuntaba a su vez con una pistola dotada de silenciador, algo que Bazán solo había visto en las películas.

El cabo primero decidió disparar pero, una fracción de segundo antes de que el cerebro diera a su índice derecho la orden de apretar el gatillo, oyó un chistido. Como si la muerte le pidiese silencio. Y dos proyectiles de calibre .22 LR le atravesaron la frente y le destrozaron el cerebro.

–Arrastré el cuerpo de Bazán hasta el mismo lugar en el que había reunido los otros cinco cadáveres: una escalera exterior que descendía hacia un sótano, en una de las esquinas del edifico del hotel. Y cuando lo deposité allí, me di cuenta de que tenía que actuar con toda rapidez. Que el cabo primero hubiese abandonado el cuartelillo para acudir al encuentro de sus compañeros solo podía significar que había recibido una llamada de alerta. Sin duda, me habían descubierto. No podía imaginar cómo, pero me habían descubierto. Tenía que darme prisa.

Arcusa y De la Calva miraban a Germán Goitia con cara de póquer y el ceño ligeramente fruncido.

–De modo que el Matarife..., era usted –dedujo Manuel Arcusa.

–Pues claro. ¿Aún no se habían dado cuenta, después de llevar hablando conmigo dos horas largas? ¡Vaya par de malditos policías de habas!

–¿Qué hizo entonces? –preguntó De la Calva, sin molestarse por el desprecio.

–Recargué mi Smith & Wesson y me propuse concluir mi venganza de inmediato.

–Su venganza, ¿eh? No nos ha contado de qué quería vengarse.

–Claro que lo he hecho. ¿Por qué diantres no me escuchan? Quería vengar la injusta condena a muerte de mi madre, por supuesto.

–Pero...

Goitia alzó las manos.

–Vaaale, es cierto que les clavó a esos chicos un punzón de matarife en el cuello. Pero, cuando lo hizo, ¡ellos ya estaban muertos!

–¿Y ella no se dio cuenta?

–Pensaba que dormían. ¡No es tan difícil de entender, caramba!

–¿Cómo murieron los chicos?

–Envenenados con cianuro. Una cápsula a cada uno, a la hora de acostarse. Lo hizo mi padrastro, Rainer Bösen. O Hermann Wankel, como prefieran. Me lo confesó él mismo en su lecho de muerte. Mi madre creyó que los niños dormían, pero lo cierto es que ya estaban muertos.

–Y él no la sacó de su error.

Goitia carraspeó.

–No.

Barrutia

El bombardeo había sido la experiencia más pavorosa que imaginarse pueda. Durante más de tres horas, los aviones alemanes de la Legión Cóndor, con apoyo de aparatos italianos, machacaron la localidad de Guernica con bombas explosivas e incendiarias, reduciéndola a cascotes candentes. Más de doscientas personas murieron y muchas más quedaron heridas. El bombardeo fue tan preciso y concentrado que las pedanías adyacentes no sufrieron daños. Curiosamente, también quedó indemne la fábrica de armas de la localidad, lo que descarta que se tratase de una operación de índole militar. Se buscaba el terror.

La pedanía de Barrutia no sufrió daños, pero dieciséis de los alumnos que esa tarde recibían clase en la escuela perdieron a sus padres o familiares y tuvieron que ser acogidos provisionalmente en las casas de los maestros.

La noche del día siguiente, Begoña Zubeldia, empleada del matadero y madre de Germán Goitia, otro de los alumnos, mató a esos dieciséis niños apuntillándolos mientras dormían con sendos clavos de matarife.

–¿Por qué su madre tomó semejante decisión? –quiso saber el inspector Arcusa.

Germán cerró los ojos antes de responder.

–Interceptó una carta dirigida a Wankel por sus superiores de las Waffen SS. Llevaba suficiente tiempo con él como para entender el alemán. En esa carta, Wankel recibía por adelantado noticias sobre el bombardeo del veintiséis de abril, instrucciones para evitarlo y orden de secuestrar a todos los niños supervivientes que quedasen huérfanos, para enviarlos a Alemania como sujetos experimentales del programa de investigaciones genéticas sobre la superioridad de la raza aria, promovido por Heinrich Himmler.

–Los iban a convertir en ratas de laboratorio, por tanto.

–Así es. El plan abarcaba diversas localidades en las que muchos niños quedarían desprotegidos, tras la muerte de sus padres en el gran bombardeo. Los vascos eran objeto de especial atención por los genetistas de Hitler. Mi madre, al saberlo..., pensó que era preferible que muriesen. Acabó con sus vidas como un acto de caridad.

–¡Menuda caridad...!

Goitia frunció el ceño.

–¡No es tan difícil de entender! Ella sabía cómo las gastaban los malditos nazis.

–Pero dice usted que quien realmente los mató fue Wankel.

–Sí. Se adelantó a mi madre.

–Y él..., ¿por qué lo hizo?

–Quizá..., por la misma razón que mi madre. Por piedad.

–Pero era un nazi. Un maldito nazi.

–Sí, sí..., pero un maldito nazi que llevaba un año viendo a esos chicos a diario y conviviendo con mi madre. Tal vez..., algo se le había pegado de ella. Matar a los chicos significaba librarlos de un destino terrible, sin desobedecer las órdenes recibidas, que quedaban vacías de contenido.

–Pero él no le confesó a usted esa verdad hasta el día de su muerte.

El anciano asintió.

–Hasta dos días antes de su muerte, para ser exactos. Entonces fue cuando tuve la certeza de que mi madre había sido erróneamente condenada. Y decidí que alguien tenía que pagar por ello.

–¿Veintisiete años después de su muerte?

–El tiempo transcurrido carece de importancia, Ramón. He sentido la ausencia de mi madre todos y cada uno de los días que me ha faltado. Incluso hoy. Así que, tras fallecer Wankel, me lancé de inmediato a maquinar una venganza que estuviese a la altura de mi sufrimiento. Decidí tomar como objetivo a los hijos primogénitos de los procuradores en Cortes residentes en Zaragoza. Comencé a estudiar sus movimientos y sus vidas con todo detalle. Los vigilé en mis horas libres. Muerto mi padrastro, disponía de mucho tiempo para ello. Tracé un plan y elegí a mis primeras víctimas. Como ya les he contado, acabé primero, en el parque grande, con la pareja de tortolitos: Encarna Calamonte y Damián Granadella. Siempre iban juntos. Siempre buscaban rincones oscuros y solitarios para manifestarse su amor. Resultaban odiosamente empalagosos. En parte, los elegí por eso. Y lo cierto es que resultó fácil. Muy fácil. Mucho más de lo que imaginaba.

–Fácil y eficaz: dos pájaros de un tiro, para empezar. ¡Era usted un hacha!

–Y usted un impertinente y un maleducado, Arcusa.

–¡Je...! Bueno, bueno..., no hace falta que se enfade.

Goitia se pasó la mano por las mejillas, emitiendo sonido de lija. Necesitaba un afeitado.

–Confiaba en que mis compañeros cayesen en la cuenta de la relación que unía a las víctimas, pero ni siquiera Felices parecía ser capaz de hacer bien su trabajo, de modo que tuve que ser yo mismo quien les abriese los ojos a la verdad; sinceramente, no sé si habrían llegado a averiguarlo sin mi ayuda. Luego, maté en el Pilar nada menos que a la hija del alcalde, Maite Laguna. La muy mema adoraba a aquel maldito cura. ¿Se puede ser más imbécil? Por supuesto, me alegré de cargármelo también a él.

–Sin remordimientos.

–Ninguno, se lo garantizo. Con ese tercer asesinato, mi teoría sobre las víctimas del Matarife empezó a cobrar cuerpo ante mis jefes y mis compañeros. Para confirmarla, solo tuve que matar a Estefanía Sanchís, hija del jefe provincial del Movimiento. Eso fue mucho más sencillo que lo de Maite, porque era el encargado de su seguridad. Pude escoger el momento y las circunstancias ideales. La única dificultad fue la de llevarme sus ojos en el bolsillo sin que nadie se diese cuenta.

–Entonces, ¿no tuvo usted nada que ver en la muerte del hijo del coronel Maroto?

–¡Por supuesto que no! De hecho, aquello estuvo a punto de hacer saltar mi plan por los aires. Al final, sin embargo, incluso creo que me favoreció, porque precipitó los acontecimientos. Después de dos crímenes en una sola noche, mi propuesta de reunir a las posibles víctimas en el balneario Carriedo para ponerlas a salvo fue aceptada sin rechistar. ¡Qué cuadrilla de idiotas! Por supuesto, eso era lo que yo pretendía desde el primer momento: tener a todos los primogénitos juntos, a mi alcance, en un lugar solitario y sin testigos. Un lugar que yo había estudiado previamente y que, por tanto, conocía a la perfección.

Arcusa y De la Calva asentían de cuando en cuando, sin mostrar la menor emoción.

–Un plan ciertamente notable –admitió Manuel Arcusa.

–Oiga, Germán, y ¿por qué eligió a los hijos de los procuradores en Cortes? –preguntó Ramón de la Calva.

–Porque las Cortes, aquella parodia de un parlamento, representaba mejor que nada la casta gobernante en España en aquel momento.

–Pero no tenían nada que ver con los que condenaron y fusilaron a su madre. Ni siquiera pertenecían al mismo bando en la guerra civil.

–¡Para mí, sí! Son lo mismo. ¡El poder! Herederos los unos de los otros, aunque piensen diferente, aunque odien a distinta gente. La maldad siempre es una y la misma.

–Disculpe, pero no acabo de verlo.

–¿Y qué quiere que yo le haga? –replicó Goitia, con desprecio–. Si ustedes no lo entienden, yo no se lo puedo explicar mejor.

Diez segundos

Eliminados los guardias civiles, solo Navarro se interponía entre mi propósito y yo.

Me dirigí a su habitación y accioné la manilla. Ante mi sorpresa, la puerta se abrió sin problemas. ¿Cómo podía ser tan descuidado de no echar ni siquiera el cerrojo? «¿Qué clase de policía se comporta así? –pensé–. Bueno, peor para él. O igual». Lo cierto es que un pestillo cerrado no me habría detenido.

Entré en el cuarto, con sigilo. Estaba oscuro pero oí la respiración, lenta y pesada, de Navarro. Entonces, golpeé con los nudillos sobre el marco de la puerta. Oí cómo se revolvía entre las sábanas hasta localizar el interruptor de la luz.

Al descubrirme allí, frente a él, dio un respingo. Tenía un aspecto algo ridículo, con todo el pelo revuelto y aquella camiseta de tirantes marca Ocean.

–¡Por Dios, Germán! –exclamó, con la voz opaca–. ¡Vaya susto me has dado! Pero, macho, ¿cómo se te ocurre entrar sin avisar? ¡Podría haberte pegado un tiro!

Casi me entró la risa.

–¿Un tiro? –pregunté, con sorna–. ¿Tú a mí?

–¡Sí, yo a ti! ¿Qué haces ahí? ¿Qué es lo que quieres a estas horas? ¿Ha ocurrido algo...? –mi silencio terminó de despertarlo–. ¡Oh, Dios...! ¡Qué idiota soy! Claro que ha ocurrido algo malo, ¿verdad? ¿Es muy grave?

–En realidad..., todavía no ha pasado nada.

–¿Cómo que no...? Bueno, macho, ahora me lo explicas. Voy a vestirme...

–No, compañero, no hace falta que te vistas. Me basta con que mueras.

Navarro me miró con la boca entreabierta.

–¿Qué?

–No te puedes hacer una idea de lo mal que me has caído siempre. Creo que eres el tipo más despreciable que he conocido. Y es un placer para mí quitarte de en medio.

–¿De qué estás hablando...?

Alcé la mano que sostenía la pistola y decidí regalarle quince segundos más de vida, para que sacase conclusiones. Lo cierto es que le bastó con diez. Era un tipo moderadamente listo.

–¿Tú...? –dijo abriendo mucho los ojos.

Entonces, apreté dos veces el gatillo.

Realmente, habría bastado con una.

Al límite

Ya habían estado dos veces a punto de tener un accidente. La primera, subiendo el puerto de La Muela, en una curva de casi trescientos sesenta grados conocida como la Caracoleta. La segunda, bajando el puerto de Cavero, ya cerca de Calatayud.

No es que Dávila condujese mal, ni mucho menos, pero estaba acariciando de continuo los límites del vehículo para mantenerse sobre el firme de aquellas carreteras infames, con más baches que pavimento.

Felices no había despegado la boca en todo el camino. Ni siquiera cuando parecía inevitable que acabasen despeñándose por un barranco. Se había limitado a confiar en las buenas manos del subinspector, a tragar saliva y a agarrarse con todas sus fuerzas a la banqueta del asiento y al asidero de la puerta.

–Estamos cerca de Calatayud –comentó Dávila, de pronto, aprovechando una larga recta donde la aguja del velocímetro coqueteaba con los ciento cuarenta kilómetros por hora, un verdadero disparate en aquellas circunstancias–. ¿Buscamos el cuartel de la Guardia Civil y les pedimos ayuda?

–No, sigue –fue la lacónica respuesta de Felices–. A ese malnacido lo vamos a coger nosotros. Y cada minuto cuenta. Dale estopa a este cacharro.

–¿Más?

El coleccionista

Mientras la sangre de Navarro comenzaba a manchar la almohada, tomé la decisión de que, primero, los mataría. A los chicos, me refiero. Los mataría a todos y, luego, compondría el decorado. Los diferentes decorados, en realidad. Lo de los punzones de matarife y las muñecas de porcelana. Siempre los mismos elementos, pero en diferentes lugares y con distintos protagonistas. Por descontado, mi colección particular de jóvenes globos oculares iba a sufrir un considerable incremento.

Me dirigí entonces a la puerta que comunicaba el cuarto de Navarro con la habitación contigua, la 129. Hice memoria: era la que ocupaba Jorge Anadón, el chico de Cariñena. El de los ojos vivaces. Me había caído bien, mejor que sus compañeros, pero el azar había dictado que fuese el primero en morir.

En todo caso, la diferencia tampoco iba a ser mucha.

Entré y busqué con la mano el interruptor, para encender la luz. Cuando lo conseguí, me llevé el primer chasco: la habitación estaba vacía. La cama, sin deshacer.

Sentí que la contrariedad me aceleraba el pulso.

Crucé la habitación y abrí la puerta que la conectaba con la 127 para encontrarme casi con el mismo escenario: la cama sin una arruga y la habitación vacía.

Empecé a sospechar lo que ocurría. Sin duda, se habrían reunido todos en alguna de las habitaciones. Malditos niños desobedientes. No me quedaba otro remedio que continuar, de cuarto en cuarto, hasta averiguar dónde se hallaban. Y cuando diera con ellos, se iban a enterar.

Por fin, al abrir la puerta de la 125, la escasa luz que se coló en el interior me permitió ver que, en este caso, la cama sí estaba ocupada. Casi de inmediato, Julián Castiello se incorporó entre las sábanas y encendió la lamparita de la mesilla. El pelirrojo me miró con unos ojos como alcachofas, mientras buscaba sus gafas al tentón. Cuando dio con ellas y se las puso, abrió la boca, en un gesto de sorpresa.

–Inspector Goitia... ¿Qué..., qué pasa?

–¿Dónde están los demás?

Pregunté. Él titubeó de un modo patético.

–Pues..., yo, no..., no lo sé.

–¡No me vengas con esas! –le grité, destempladamente–. ¡Dime dónde están!

El muchacho tragó saliva. Al palidecer, pareció todavía más feo de lo que era.

–¿Ocurre algo? –preguntó, en lugar de responder–. ¿Estamos en peligro?

–¿Dónde están los otros? ¡Contesta!

–Están en..., en el lago.

–¿Qué...?

Aquello sí que no me lo esperaba.

–Han ido a bañarse al lago. El andaluz..., Curro, los ha convencido para ir a bañarse de noche. A mí no me ha parecido buena idea y me he quedado. Solo yo.

–¡Vaya! Ahora va a resultar que eres el único tipo sensato de este grupo.

–Oiga..., vaya pedazo de pistola, ¿eh? Y eso que lleva en el extremo..., ¿es un silenciador?

–¿Entiendes de armas?

–Un poco. Mi padre es cazador.

–Pues mira, sí, se trata de un silenciador. Como el que usa el agente cero cero siete. Para no despertaros si tenía que usarla en plena noche. ¿Quieres ver cómo funciona?

–Eeeh..., no sé. Bueno, sí.

–Atento, entonces.

Levanté el brazo y le apunté al centro del pecho.

Me miró a los ojos.

Me pregunto si llegaría a oír el chistido de la muerte antes de desplomarse sobre la cama con una estúpida expresión de estupor en el rostro.

Una noche ideal para matar

No me fiaba. Pese a la información de Castiello, no me fiaba y decidí comprobar una por una el resto de las habitaciones. Pero, en efecto, resultaron estar todas vacías. Salí entonces del hotel por la puerta que daba directamente al parque. Yo sudaba copiosamente. La noche, por el contrario, era fría y hermosa. Ideal para matar.

Tras orientarme, eché a andar hacia el puente sobre el Jalón. Sin embargo, apenas había dado cuatro pasos cuando me detuvo una voz angustiada. Una voz infantil.

–¡Señor Goitia!

Me volví y apunté la pistola en la oscuridad. Estuve en un tris de apretar el gatillo. Se trataba de Maricruz Escolano. Corría hacia mí y, cuando se echó en mis brazos, me percaté de que lloraba. Lloraba y temblaba como una hoja al viento.

–¿Qué ocurre? ¿Qué ocurre, Maricruz?

Le costó unos segundos recuperar la voz que le había robado el miedo.

–Está muerto –dijo, al fin. Y repitió–: Está muerto, está muerto. El chico pelirrojo está muerto. Tiene un agujero aquí, en el pecho y está todo lleno de sangre. ¡Está muerto!

La apreté contra mí.

–Ya lo sé. Lo sé. Tranquilízate –le susurré al oído–. ¿Sabes quién lo ha hecho?

–El Matarife.

–Pero ¿lo has visto? ¿Has visto al Matarife?

–No. Yo estaba con los demás, en el lago, pero quería irme a dormir ya. Al llegar al hotel, he ido a ver al pelirrojo, para decirle que ya no estaba solo. Y ¡lo he encontrado muerto!

Volvió a gritar. Volví a abrazarla.

–Bien. Bien. Tranquila, ahora estás conmigo. Llévame con los demás. Tenemos que advertirlos de lo que ocurre.

–¡La temperatura seguía cayendo! ¡Hacía mucho frío! ¿Cómo puede apetecerle a nadie bañarse con semejante frío? ¡Y de noche, además!

–Pero el agua estaba caliente –replicó De la Calva, sonriendo como el Correcaminos–. Era un lago termal. Y se trataba de gente joven. Adolescentes. A ciertas edades solo tienes calor, nunca frío. Y estás deseando experimentar nuevas sensaciones.

–Sí... –rezongó Germán–. La maldita adolescencia, que te lleva a decir sí a las cosas más absurdas, sí al maldito tabaco, sí al alcohol, a las drogas, al rocanrol, al riesgo, al maldito amor...

Tomados de la mano, emprendimos Maricruz y yo el camino hacia el lago.

Tras cruzar el puente sobre el río Jalón y el paso bajo las vías del tren, ascendimos por la pendiente que conducía al lago termal.

Era realmente grande, el lago. Tan grande que, de noche, resultaba imposible determinar sus límites. Se alimentaba de un caudaloso manantial que emergía de su fondo y, por eso, la superficie del agua temblaba siempre, como la de un mar ligeramente picado; el mar que comienza a agitarse antes del temporal. En medio de la oscuridad nocturna, iluminada tan solo por el resplandor macilento de la luna menguante, el agua del lago creaba la ilusión de ser un cristal rugoso y oscuro.

–Están allí, en la isla –dijo Maricruz, al llegar a la orilla, señalando la isla artificial, a la que se cruzaba por medio de un puente estrecho, de madera, que describía un arco tendido y bello.

Le rogué silencio con un gesto y presté atención. Enseguida nos llegaron de lejos voces estridentes, como lo son siempre las de los adolescentes. Algún chapuzón. Risas sofocadas. Los sonidos de la diversión.

–Gracias, Maricruz –le dije, arrodillándome frente a ella, para hablarle a su altura–. Me has sido de gran ayuda pero, ahora, cariño, tenemos que despedirnos.

Más allá del bambú

–No teníamos que haber dejado que Maricruz se fuera –dijo Puri Galán, desde la orilla, frotándose enérgicamente la piel aún húmeda con una toalla para intentar entrar en calor.

–¡Oh, vamos...! Ya es mayorcita –replicó Curro Bohórquez, que seguía en el agua.

–¡Qué dices! Ese es el problema: que no es mayorcita, Curro. ¡Tiene solo diez años, por Dios!

–Cálmate, guapísima. Te recuerdo que estamos en una finca vigilada por la Guardia Civil y dos inspectores de policía. ¿Qué le puede ocurrir? Anda, vuelve al agua. Me parece que te estás poniendo azul de frío y aquí dentro se está de miedo. Ven a bañarte conmigo.

Puri sonrió.

–¿Bañarme contigo? ¿Qué quieres decir?

Bohórquez exhibió su deslumbrante sonrisa británica, que brilló en medio de la oscuridad como la del gato de Cheshire.

–Bueno..., es la primera vez que estamos tú y yo solos. O casi solos. El pelirrojo y la niñata, en el hotel. Silvia y el francés andan por ahí, vete a saber dónde. Y los otros están allí lejos, a lo suyo. Nada nos impide ir a lo nuestro.

La chica, sin dejar de sonreír, miró al andaluz largamente.

–¿Lo nuestro? ¿Son imaginaciones mías o me estás cortejando?

–¡Qué dices! ¿Imaginaciones? ¡Pues claro que te estoy cortejando, preciosa! Desde que esta mañana me has ganado jugando al tenis estoy perdidamente enamorado de ti. La verdad es que he propuesto lo de venir todos aquí esta noche, solamente para poder hablarte al oído y declararte mi amor.

Ella sacudió la cabeza.

–Lo que tenemos que oír las mujeres, a veces.

–Lo que yo tengo que decirte te encantaría oírlo.

Ella rio.

–Los hombres os volvéis más tontos con la edad, pero con quince años no había conocido a nadie más idiota que tú.

Curro estalló en carcajadas.

–Gracias por el piropo, pero tengo dieciséis.

–¡Oh, disculpe, caballero! –ironizó Puri.

Curro ensayó con Puri una sonrisa distinta, que solía funcionarle bien con las chicas. Pero había poca luz para que surtiera efecto.

–Va, dame una oportunidad –murmuró–. Lo estás deseando.

–No digas bobadas. Para empezar, te saco cinco años, por si no lo recuerdas.

–Eso no es un problema. Siempre me han gustado las chicas mayores. A los seis años estaba enamorado de la doncella de la casa. Y, en tercero elemental, de mi profesora de francés.

–Entonces, lo que ocurre es que eres un pervertido.

–O que tengo buen gusto para mi edad, una de dos. Va, mujer, entra en el agua. Seguro que nunca lo has hecho a la luz de la luna menguante.

–Hacer ¿el qué?

–Ya sabes... Besarte con un chico.

–¿Eso? Pues claro que sí, memo.

–¿Mientras te bañas en el mayor lago termal de Europa? Déjame que lo dude.

Puri estuvo a punto de aceptar. Sintió que se le erizaba la piel y no a causa del frío; y también notó un pinchacito traicionero justo debajo del ombligo. Bohórquez era un fatuo insoportable, pero había que reconocer que también era muy guapo, muy rubio y parecía mucho mayor que los chicos de su edad, tanto por la estatura y el cuerpo atlético como por el ingenioso desparpajo que mostraba. Un auténtico encantador de serpientes.

Ella, sin embargo, optó por negarse. Le pareció que aceptar su ofrecimiento ahora habría sido ponérselo demasiado fácil. Quizá al día siguiente...

–No voy a bañarme otra vez, lo siento. La salida es terrible. Me vuelvo al hotel. Quiero saber si Maricruz está bien.

Curro se encogió de hombros. Como buen ligón, fingió que no le importaba.

–Tú te lo pierdes, bonita.

Sin despedirse de nadie más, Puri emprendió el camino de regreso al hotel. Buscó el final de la playa artificial, atravesó una zona de espesura vegetal dejando a su derecha un pequeño estanque de piedra y se dirigió hacia el embarcadero.

Antes de tenerlo a la vista, ya se percató de que ocurría algo anormal. Y al salir de entre las ramas de un enorme bambú sintió que se le paraba el corazón.

El puente que unía la isla con la orilla del lago estaba en llamas. No solo era imposible cruzarlo sino que, en pocos minutos, quedaría completamente destruido.

En un gesto reflejo, Puri dirigió la vista hacia el cercano embarcadero. Los cinco botes seguían amarrados a los postes del muelle, tal como los habían dejado esa mañana, pero estaban hundidos en el agua hasta la borda, después de que Goitia les hubiera agujereado el fondo a golpes de martillo.

No era eso lo peor. A la luz de las llamas, Puri distinguió el cuerpo sin vida de Maricruz, sujeto mediante vueltas de alambre al madero que remataba el muelle flotante del embarcadero. Los brazos abiertos, apoyados sobre la parte superior. La cabeza, colgando hacia delante. No podía verle la cara, que miraba al suelo, pero no lo necesitaba para saber que el Matarife le había arrancado los ojos.

Sus hermosos ojos de color miel.

El túnel

A partir de Ateca, la carretera se retorcía en curvas pronunciadísimas que cabrioleaban siguiendo el curso revirado del Jalón y la línea del ferrocarril, saltando sobre ambos en diversas ocasiones mediante puentes y viaductos. Chillaban las ruedas del Milquinientos sobre el asfalto, al compás de la pelea que Dávila mantenía con el volante del vehículo. Felices apretaba los dientes y se aferraba como podía al asiento. Diez minutos largos duró el baile, hasta que el subteniente anunció:

–Ya estamos en Bubierca, jefe.

–¿Qué?

–Que no falta casi nada para llegar a Alhama. Cuatro o cinco kilómetros y sin apenas curvas. Tres minutos más y estaremos allí.

–Ah, bien... Por fin. Estaba empezando a marearme.

Atravesaron como una exhalación el casco urbano de Bubierca, desierto a esas horas; las luces de emergencia trazando pinceladas azules sobre las fachadas de las casas; solo la mortecina luz de las farolas como testigo de su paso vertiginoso por el pueblo.

A partir de allí, en efecto, la carretera se enderezaba y descendía, por lo que el coche ganó velocidad hasta alcanzar la máxima posible.

Desde hacía ya unos años, la N-II no atravesaba el pueblo de Alhama, sino que lo salvaba mediante una variante rematada por un túnel en curva cuya boca sur se abría a apenas doscientos metros de la majestuosa entrada de las Termas Carriedo. Ese túnel marcaba el último hito de su viaje. Y lo tenían ya al alcance de la mano.

Casi lo habían conseguido. Que no lo lograsen fue fruto de la mala suerte. Esa clase de mala suerte que a veces buscamos sin darnos cuenta, cuando nos creemos más de lo que somos.

Las continuas curvas entre Ateca y Bubierca habían agotado los frenos del coche. Las pastillas ardían dentro de los tambores, a punto de cristalizar; el líquido de frenos bullía en el circuito, produciendo burbujas que arruinaron su capacidad hidráulica. Cuando Dávila, a la distancia del alcance de las luces largas, divisó la entrada al túnel y quiso frenar, el pedal se hundió sin ofrecer apenas resistencia. El subinspector levantó el pie y pisó a fondo dos veces más, con rapidez, logrando cierta respuesta, pero su velocidad siguió siendo excesiva y le impidió negociar la curva. El túnel se tragó el Seat y a sus dos ocupantes. El auto derrapó en el interior y golpeó contra la pared de roca. Era un coche grande y pesado; quizá sus ocupantes habrían logrado salir bien parados del accidente, de no ser porque, en sentido contrario, se acercaba un camión. Apenas se habían cruzado con una docena de ellos desde su salida de Zaragoza. Mala suerte.

Al verlo, Dávila dio un volantazo agónico que solo sirvió para evitar que la colisión resultase totalmente frontal.

Felices sintió que el mundo se detenía durante un instante para, acto seguido, continuar su marcha a cámara lenta. Vio el camión, un Barreiros, haciéndose más y más grande ante sus ojos, hasta ocupar todo el parabrisas; vio de reojo a Dávila tratando de corregir la trayectoria; vio cómo la parte izquierda del coche patrulla se estampaba contra el paragolpes del Barreiros: acero blando contra acero duro. Vio a Dávila golpearse contra el volante y cómo la columna de la dirección, convertida en una lanza de torneo por la fuerza del impacto, lo atravesaba de parte a parte, acabando con su vida en el acto.

Se vio a sí mismo proyectado hacia delante, rompiendo el parabrisas con la cabeza, volando sobre el capó, cayendo sobre el asfalto, rodando sobre el asfalto, manchando de sangre el asfalto. Vio luz de faros apuntando en diversas direcciones. Sintió el olor penetrante de la gasolina derramada. Vio llamas que crecían. Oyó a la muerte llamando a la puerta.

Luego, todo fundió a negro y no hubo nada.

El juego del escondite

Puri retrocedió dos pasos, golpeada por una oleada de terror. Se esforzó dolorosamente por apartar la vista del cuerpo sin vida de Maricruz, mientras el corazón parecía funcionarle a trompicones, quizá indeciso entre lanzarse al galope y detenerse definitivamente.

Decidió que tenía que avisar a los demás, pero cuando se giró para regresar a la playa, el Matarife estaba allí y le apuntaba a la cabeza con un arma a la que acababa de quitarle el silenciador.

–Ni un paso, señorita Galán –le dijo en un tono suave.

La chica parpadeó. Durante un segundo, se sintió aliviada por la presencia del policía. Pero, de inmediato, se percató de que algo no encajaba. Sintió que se le doblaban las rodillas, aunque logró mantenerse en pie.

–Inspector Goitia..., ¿qué significa esto?

–Significa exactamente lo que parece –fue la respuesta.

La muchacha tardó cinco largos segundos en atar cabos.

–¿Usted...? –preguntó entonces.

Goitia se limitó a sonreír. Le hizo un gesto con la mano libre, para que se acercara. Después, se situó tras ella y la empujó.

–Vamos a contarles las novedades a tus compañeros.

Se acercaron hasta la playa. El primero que los vio llegar fue Bohórquez, que seguía en el agua. Miró a Puri y al policía sin comprender.

–Sal fuera –le ordenó Goitia.

–¿Por qué? –protestó el chico–. Hace mucho frío.

–¿Frío? Tú no sabes lo que es el frío. Nadie sabe lo que es el frío hasta que muere. O sales ahora mismo o le pego un tiro a tu amiga.

–¿De qué está hablando, Goitia?

–¿O prefieres que te lo pegue a ti? –dijo, apuntándole con la pistola.

Curro comprendió, palideció y salió del agua. Y no, no

sintió frío alguno, porque el miedo embotó sus sentidos y enmascaró cualquier otra sensación.

–Llama a los demás.

–Pero...

–¡No me repliques, imbécil! Llama a los demás.

El chico lanzó unas cuantas voces.

Ernesto, Elisa y Jorge Anadón acudieron enseguida. Silvia Ortiz y Tomás Carde aparecieron algo más tarde, tomados de la mano. Sonreían como angelotes. Hasta que se percataron de que el policía apoyaba el cañón de su pistola contra el temporal derecho de Puri Galán.

–Gracias a todos por venir –dijo Goitia, en tono jovial–. Bienvenidos al último juego de vuestra vida. La partida que empezó hace cuatro días está a punto de terminar. Catorce iniciasteis el campeonato y ya solo quedáis siete. Sois los finalistas. Bien es cierto que no lo sois por vuestros méritos sino por puro azar, pero la suerte también cuenta, claro que sí. Vivir, morir, morir...

Ninguno de los chicos se atrevió a decir una sola palabra. Ni aun a mover un dedo. El miedo se había apoderado de ellos y les impedía pensar. Goitia continuó.

–Vamos a jugar al escondite. Las reglas son sencillas: yo la pago y contaré hasta cien antes de salir a buscaros. Mataré a los que encuentre, hasta acabar con todos vosotros. Vuestra única oportunidad consiste en matarme a mí..., o en conseguir seguir vivos hasta que llegue la ayuda. Pero eso no puedo deciros cuándo ocurrirá. Quizá ya esté en camino. Quizá todavía no. Puede ser cuestión de minutos, de horas o de días.

Puri hizo un movimiento. Goitia amartilló la pistola.

–¿Por qué quiere matarnos? –preguntó la chica–. No le hemos hecho nada.

–Eso no tiene importancia. En cualquier parte del mundo, todos los días, a todas horas, hay gente que muere sin saber la razón. O sin razón alguna. Se nace porque sí y se muere porque sí. Vosotros vais a morir porque yo quiero que así ocurra.

–Está usted completamente loco.

Goitia apretó los dientes e inspiró despacio.

–Tal vez, pero..., fíjate en ti misma. ¿Crees que resulta propio de una persona cuerda acusar de loco a quien te está apuntando con una pistola?

Puri lo sabía, por descontado. Sabía que asumía un riesgo al enfrentarse al Matarife. Pero pensó que quizá eso pudiera propiciar una situación en la que fuera posible atacarle y desarmarlo. Era el mejor momento, porque estaban los siete. Quizá alguno de los chicos tuviera el valor y la determinación para ello. Decidió tensar un poco más la cuerda.

–El típico poli chulo de mierda –rezongó por lo bajo, pero no lo bastante bajo como para que Goitia no lo oyera–. Cobarde hasta con las mujeres.

Aquel desprecio le llegó dentro al Matarife. Echó la mano izquierda al cuello de Puri mientras le clavaba el cañón de la pistola en el pómulo.

–Voy a hacer que te tragues esas palabras...

La estrategia de la muchacha funcionó. En cuanto Goitia centró en ella su atención, Ernesto de los Arcos se abalanzó sobre el policía y lo derribó. Ambos rodaron por el suelo. Tomás Carde intentó ayudar a su compañero, pero Silvia se lo impidió, agarrándolo por el brazo. El tiempo perdido en el forcejeo fue suficiente para que sonase un disparo que hizo gritar a todos.

De inmediato, Goitia se puso en pie. En el suelo quedó Ernesto, con un agujero en el cuello por el que la vida se le escapaba a borbotones.

–¡Buen intento, zorra! –gritó desabridamente, dirigiéndose hacia Puri Galán, con los ojos casi fuera de las órbitas–. ¡Buen intento! Lo malo es que, en este juego, si no ganas, pierdes. Y tú acabas de perder.

Alzó la pistola, apuntó a la cabeza de la chica y apretó el gatillo.

Ella trató de esquivar el disparo, pero el proyectil entró por encima de su oreja izquierda y salió por debajo de la derecha.

Puri Galán cayó muerta, con la cabeza atravesada.

Esta vez, solo Elisa gritó. Gritó y siguió gritando, histérica, mientras los demás quedaban paralizados.

–¡Haced que se calle! –ordenó Goitia, señalándola con el arma–. ¡Que se calle o la mato también!

Curro y Jorge reaccionaron a la amenaza y sujetaron a la chica. El de Cariñena trató de taparle la boca, aunque solo lo consiguió a medias.

Ernesto se retorció, tirado en el suelo. Moriría desangrado en el minuto siguiente.

–¡Empieza el juego final! –anunció Goitia, recomponiéndose la ropa y apuntando con la pistola, sucesivamente, a los cinco supervivientes–. ¿Queréis conocer las reglas?

Nadie contestó. Goitia avanzó dos pasos hacia el grupo, sujetando la pistola con ambas manos.

–¿Queréis conocerlas o no?

–Yo sí quiero –respondió Jorge Anadón.

–Pues ¡la única regla es que no hay reglas! ¡Ja! Eso es todo. Aquí, se vive o se muere. ¡Se muere y se muere! El tablero de juego es la isla. Ocho mil metros cuadrados. ¿Lo sabíais? Parece poco, pero resulta posible esconderse. Es de noche, hay mucha vegetación, las casetas de los vestuarios, el bar, la cabaña de los patos, la del embarcadero... Naturalmente, podéis intentar huir, pero yo no os lo aconsejo: el puente que unía la isla con la orilla del lago ya no existe. Y abandonar la isla a nado no creo que sea buena idea. Por esos caprichos de la naturaleza, el caudal del manantial es intermitente, de modo que el nivel del lago sube y baja casi dos metros cada veinticuatro horas. Ahora está en su nivel inferior. Podríais nadar hasta la orilla, pero dudo mucho que lograseis salir del agua. Si permanecéis en la isla, tenéis una oportunidad. Pequeña, pero la tenéis. Solo necesitáis.... –Goitia hizo una pausa; respiraba con dificultad, rio por lo bajo–. Solo necesitáis acabar conmigo. Ahora, corred a esconderos. ¡Corred! ¡Cien...! ¡Noventa y nueve...! ¡Noventa y ocho...!

Los chicos tardaron cinco segundos en comprender que la cuenta atrás definitiva había comenzado. Al hacerlo, huyeron despavoridos, dando tropezones en medio de las tinieblas.

Como un dandi

Felices abrió los ojos. Muy poco, tan solo una rendija. Vio llamas. Ardía la cabina del Barreiros. La boca le sabía a sangre y a piedras. Olía intensamente a gasolina, a asfalto caliente y a carne chamuscada. Contuvo una náusea. Ignoraba si habían transcurrido horas o tan solo segundos desde el accidente. Se movió y sintió dolores diversos. En los codos y las rodillas, vio su ropa desgarrada. Y también su piel. Le dolía al respirar. Una costilla rota, seguramente.

Con la mano derecha se buscó la funda sobaquera y comprobó que, pese a terrible accidente, su pistola seguía allí. En cambio, había perdido los zapatos.

Logró ponerse en pie y caminó hasta apoyarse en la pared del túnel. Estaba muy cerca de la boca sur.

Aun antes de salir al exterior, ya distinguió un gran rótulo con el nombre de Termas Carriedo y avanzó hacia él. Necesitó buscar la tapia que cerraba la finca y apoyarse en ella para poder avanzar, pero logró alcanzar la puerta.

A partir de ahí, sabía que empezaba la zona de peligro. Con el primer vistazo, distinguió un Land Rover de la Guardia Civil. Aparentemente abandonado.

Felices empezó a temerse lo peor.

A la luz triste de las farolas del parque del balneario Carriedo, el inspector jefe recorrió con la vista los alrededores, tomando nota mental de los indicios. Algunas manchas de sangre y huellas de arrastre sobre la tierra lo condujeron al tramo de escaleras exterior que descendía hacia las salas de máquinas. Allí encontró, amontonados, los cadáveres de los seis guardias civiles. Tras comprobar que no podía hacer nada por ninguno de ellos, entró en el hotel, pistola en mano, tenso como una cuerda de violín, vacilante, sintiendo que le faltaba el aire y tratando de contener unos vértigos intermitentes que amenazaban con derribarlo. Dejándose llevar por el instinto y por leves señales, pronto dio con las habitaciones ocupadas por los chicos. Fue abriendo puertas, hallándolas vacías y temiéndose lo peor.

Por fin, al asomarse a la 125, se dio de bruces con el cadáver de Julián Castiello.

Felices se sintió desfallecer. Llegaba tarde. Tuvo que apoyarse en la pared para no caer. Vio una sombra moviéndose a su izquierda y se giró con la pistola entre las manos, a punto de abrir fuego, para descubrir que se trataba de su propia silueta reflejada en el espejo del baño. Presentaba un aspecto tan lamentable que le costó reconocerse: descalzo, destrozada la ropa, sangrando por diversas heridas, sucio de rodar por la carretera... Sin embargo, decidió que no tenía tiempo de compadecerse de sí mismo. Ya nada podía hacer por el chico pelirrojo, pero quizá aún fuera tiempo de salvar la vida de sus compañeros.

Siguió adelante. En la última habitación del pasillo, descubrió a Carlos Navarro con dos disparos en la frente. Tumbado sobre la cama, la almohada empapada de sangre y de sesos.

Sintió el odio agitándose en el interior de su cuerpo como si fuera un animal vivo. La adrenalina le corría por las venas y eso le permitió sobreponerse y pensar con mayor claridad.

Vio la maleta de Navarro sobre una mesita y tomó una decisión aparentemente absurda. Fue al cuarto de baño y abrió los grifos del lavabo. Se desnudó a toda prisa, salvo la ropa interior y, con una toalla mojada, se limpió enérgicamente las heridas, se frotó la piel, se echó agua en la cara. Después de secarse con otra toalla, se vistió con ropa del subinspector, que era de su talla. Por último, le quitó al cadáver los zapatos y se los calzó. Todo ello no le llevó más de cinco minutos. Finalmente, se miró al espejo y pensó que tenía mucho mejor aspecto. Bien. No quería enfrentarse a Goitia con pintas de perro apaleado.

–Vamos a por ese hijo de puta –susurró, mientras comprobaba que el cargador de su Beretta estaba completo.

Divide y vencerás

Los chicos salieron corriendo, tratando de alejarse al máximo de Goitia, que había empezado a desgranar su implacable cuenta atrás. Cuando el asesino cantaba el ochenta, los chicos se detuvieron, jadeantes. Elisa Ramírez y Curro Bohórquez lloraban. Los demás estaban demasiado asustados para hacerlo. Tomás Carde se dobló por la cintura y vomitó en el suelo.

Luego, se miraron con el terror pintado en la mirada. Jorge Anadón fue el primero en hablar.

–Tenemos que separarnos. Si permanecemos juntos no tenemos ninguna opción. Nos encontrará enseguida y nos matará a todos.

De inmediato, Tomás y Silvia se cogieron de la mano.

–Nosotros vamos a seguir juntos, pase lo que pase.

–Yo no quiero quedarme sola –gimoteó Elisa.

–Yo, sí –dijo Bohórquez–. Creo que Jorge tiene razón. Si nos separamos, le será más difícil acabar con todos. Él es solo uno. Además, creo que hay que intentar abandonar la isla.

–Goitia nos ha dicho que no podremos salir del lago.

–¡Eso es lo que él dice! ¿Es que vas a creerle? ¡Ese tipo quiere matarnos, por Dios! Yo, desde luego, voy a intentar nadar hasta la orilla y llegar al pueblo para pedir ayuda.

–Pero en el agua seremos presa fácil –supuso Tomás Carde–. Deberíamos quedarnos en la isla. Es bastante grande y hay muchos escondites. Mientras dure la noche, no le será fácil dar con nosotros.

–Y ¿cuando amanezca?

–Antes de que amanezca nos llegará ayuda.

–¿Cómo lo sabes?

–¡Seguro que en Zaragoza ya se han dado cuenta de lo que ocurre!

–Pues ¡yo creo que no! –replicó Anadón–. Está claro que Goitia ha estado preparando esto durante meses. Tenía un plan. Nadie sabe que él es el Matarife y seguro que conoce esta isla como el pasillo de su casa. Si nos quedamos aquí, estamos perdidos.

Hicieron una pausa y aguzaron los oídos. La voz de Goitia les llegó de lejos: «Cuarenta y cuatro..., cuarenta y tres...».

–Nosotros nos vamos –dijo Tomás tirando de Silvia.

–Suerte a todos –dijo Bohórquez, echando a correr.

Quedaron Elisa y Jorge allí, plantados, aterrados, cogidos de las manos.

–¿Qué hacemos? –preguntó ella.

–No lo sé..., no puedo pensar.

–De momento, vamos a buscar algún escondite.

Treinta y tres..., treinta y dos..., treinta y uno..., treinta...

Al rescate

Tras comprobar que los teléfonos carecían de línea, Felices salió del hotel y se dirigió de nuevo hacia el Land Rover.

Desde allí lanzó una mirada panorámica. Hizo memoria del plano de las diferentes instalaciones del balneario, que había visto tan solo una vez.

Recordó aproximadamente la situación del lago termal y que era necesario cruzar el río Jalón para llegar hasta él. Se orientó por el rumor del agua. Entonces, saltó dentro del coche, arrancó el motor y engranó la primera velocidad. La luz de los faros era pobre pero taladraba las tinieblas con relativa eficacia.

Localizó el puente sobre el Jalón y lo cruzó despacio. Después, pasó bajo las vías del ferrocarril y comenzó a ascender la rampa que había de llevarlo frente a la puerta del recinto del lago termal. Allí, detuvo el coche y echó pie a tierra.

–Mierda... –susurró cuando vio arder el puente de madera que comunicaba la orilla del lago con la isla.

Lo inesperado

Curro Bohórquez salió corriendo en dirección opuesta a la línea que marcaba la playa artificial. También Elisa y Jorge, aunque ellos se desviaron enseguida hacia la izquierda. Silvia estuvo a punto de echar a correr hacia la derecha, pero Tomás la detuvo.

–Quieta. No es esto lo que tenemos que hacer.

–¿Cómo que no? –protestó la chica–. Tenemos que alejarnos de Goitia. Debe de estar a punto de terminar la cuenta atrás.

–Eso es lo que él espera que hagamos, pero tú y yo vamos a hacer lo contrario.

–¿El qué?

–Volvamos hacia la playa.

–¡Pero él está en la playa! ¡Nos descubrirá!

–No. La única forma de escapar de Goitia es sabiendo dónde se encuentra él en todo momento. Volvamos a la playa y vigilémoslo.

–¡Eso es una locura, Tomás!

–Lo que es una locura es escondernos sabiendo que, en cualquier momento, puede descubrirnos. ¡Entonces es cuando no tendremos ninguna posibilidad de huir! Confía en mí, Silvia. Confía en mí.

Justo en ese instante, llegó hasta sus oídos el final de la cuenta atrás.

–¡Cuatro...! ¡Tres...! ¡Dos...! ¡Uno...! ¡Ya! ¡El que no se haya escondido, que se esconda...! –canturreó el Matarife.

Silvia miró a Tomás y asintió en silencio, muerta de miedo.

En ese mismo instante, sus tres compañeros llegaban casi a la par a la orilla de la isla, aunque lo hicieron en puntos muy distantes entre sí.

Bohórquez lo hizo a la altura de la cabaña de los patos. Desde allí, bajó por una escala de madera hasta la superficie que, en efecto, había descendido de nivel en más de metro y medio respecto al que presentaba esa mañana.

La principal ventaja del andaluz era que no necesitaba discutir con nadie salvo consigo mismo. No tenía que contar con opiniones ajenas, sino tan solo preocuparse de tomar las decisiones correctas. Y lo que decidió fue meterse de nuevo en el agua, sin ruido, y nadar en silencio hacia la orilla que, en aquel punto, se hallaba muy lejos de la isla, a casi trescientos metros de distancia.

Antes, buceó para sacar del fondo del lago unos puñados de barro oscuro con los que se manchó el pelo, tan rubio y brillante, tan fácil de distinguir en medio del cristal oscuro de la superficie del lago.

Luego, inició una braza suave, sin chapoteo alguno.

Pensó que lo conseguiría.

Jorge y Elisa alcanzaron el límite de la isla a unos cien metros de la cabaña de los patos. Su idea era similar a la de Curro: nadar hasta la orilla del lago y, una vez allí, buscar el modo de salir, pese al descenso del nivel del agua. Contaban con una ventaja: ellos eran dos. Y Jorge tenía un plan.

Silvia y Tomás, por su parte, habían decidido apostar fuerte: quedarse en la isla y vigilar los movimientos de Goitia para permanecer siempre fuera de su alcance, a la espera de que llegase ayuda.

Sin embargo, perdieron demasiado tiempo al principio y, cuando por fin regresaron junto a la playa, el Matarife ya había terminado de contar hasta cien e iniciaba su particular partida del juego del escondite.

–No lo veo –susurró Tomás al oído de Silvia, tras escudriñar el terreno desde el interior de unos macizos de adelfas entre los que se habían escondido–. Hemos llegado tarde. No sé dónde está Goitia.

La chica se irguió ligeramente y lanzó una mirada panorámica, tratando de taladrar la oscuridad. Cuando giraba la vista sobre su hombro derecho, con el rabillo del ojo distinguió una sombra que se acercaba.

Quedó al instante inmóvil, incluso conteniendo la respiración, mientras apretaba la mano de Tomás para indicarle que hiciese lo mismo.

Goitia pasó junto a ellos sin verlos. Pasó a menos de dos metros de distancia, pero con la vista puesta más allá. Llevaba la pistola en la mano derecha y, en la izquierda, una linterna que mantenía apagada para no revelar su posición.

Cuando comprobó que el Matarife se alejaba, el corazón de Silvia volvió a latir. Tiró lentamente de la mano de Tomás y reptaron sigilosamente entre las adelfas en dirección contraria a la del policía. Les pareció que hacían muchísimo ruido.

–No ha sido una buena idea –reconoció el chico cuando encontraron un nuevo refugio entre la hierba alta que rodeaba tres sauces cercanos a las casetas de los vestuarios–. En medio de la oscuridad, no podemos controlar los movimientos de Goitia con la suficiente antelación. Tenemos que pensar en otra cosa.

Tenían que pensar en otra cosa, sí, pero la tensión, el miedo, la avalancha constante de recuerdos que inyectaba en sus mentes la cercanía de la muerte les impedía hacerlo.

Entonces, cambió el viento.

Roló la brisa y llevó hasta ellos olor de madera chamuscada. El olor de los rescoldos en que se había convertido el puente que unía la isla a tierra firme. Al sentir aquel olor, Tomás frunció el ceño.

–¿Cómo consiguió Goitia prender fuego al puente? –susurró.

–Es un puente de madera –le recordó Silvia–. Supongo que resulta fácil.

–De eso, nada. A un puente no le acercas una cerilla y arde. Tuvo que usar un acelerante. ¿De dónde crees que lo sacó?

Conforme se hacía la pregunta, se le encendió la luz.

–¡Ya lo sé! La caseta del embarcadero –se dijo a sí mismo–. ¡Vamos!

Se hallaban muy cerca. En un extremo del pantalán del embarcadero se alzaba sobre el agua la caseta de estética remotamente polinesia de donde Goitia y Navarro habían sacado esa mañana los remos de los botes. Se acercaron hasta ella esperando encontrar algo más.

Para llegar hasta la caseta, tuvieron que pasar junto al cadáver de Maricruz, que seguía amarrado al pasamanos de la barandilla de madera que recorría el pantalán. Tomás consiguió no mirarlo. Silvia no lo pudo evitar y un puchero inevitable le estalló en la cara llenándole de lágrimas los ojos, al pensar en la niña con la que habían estado jugando y riendo apenas unos minutos antes.

Al ver llorar a Silvia, Tomás sintió una oleada de odio feroz hacia el Matarife, lo que hizo aumentar su determinación.

No le extrañó lo más mínimo encontrar la puerta de la caseta reventada de una patada, señal inequívoca del paso por allí de Germán Goitia. Pese a la penumbra, Tomás halló enseguida confirmación de sus suposiciones: apoyado en vertical sobre un soporte había un pequeño motor fueraborda. Durante la temporada de baños, uno de los botes se equipaba con el motorcito por si era necesario acudir con rapidez a cualquier punto del lago. Y si había un motor, habría gasolina para ponerlo en marcha.

Tomás vislumbró, en el interior de la cabaña, diversas estanterías con latas, algunos tarros de cristal, herramientas diversas, un botiquín..., y en uno de los rincones, un bidón metálico para transportar combustible, como los que equipan los *jeeps* militares. Se acercó hasta allí y lo destapó. Olía a gasolina. Lo sopesó y calculó que contenía al menos ocho o diez litros.

Tomás se volvió hacia Silvia.

–Así le prendió fuego al puente con tanta facilidad: lo roció con gasolina. Ahora, nos toca a nosotros.

Elisa y Jorge eran buenos nadadores y tenían prisa por alejarse de la isla, así que avanzaron mucho más deprisa que Curro Bohórquez. Apenas unos minutos más tarde, llegaban al límite del lago, cuya orilla estaba protegida por una barandilla de forja pintada de verde primavera. Tal como les había adelantado Goitia, vieron que les resultaba imposible salir del agua. La parte inferior de la barandilla se hallaba metro y medio por encima de superficie y el límite del lago era una pared vertical de piedra y ladrillo por la que resultaba imposible trepar. Ni siquiera encontraron un asidero al que sujetarse para poder descansar, y debían bracear continuamente para mantenerse a flote.

Jorge, que nadaba peor que Elisa, se había agotado durante la travesía desde la isla y ahora resoplaba, cada vez más cansado.

–Tenemos que pensar en algo –reconoció la chica–. No aguantaremos mucho tiempo así. Desde luego, no hasta que vuelva a subir el nivel del agua.

Jorge no se molestó en contestar y, durante el siguiente minuto, guardaron silencio ambos. Hasta que el chico habló. Le faltaba el aire.

–Tengo una..., idea. Si lograses agarrarte..., con las manos a la barandilla..., ¿crees que podrías salir?

–Creo que sí. ¿Por qué lo dices?

–Pensaba que..., puedo dejarme caer..., hasta tocar con los pies..., ¡uf...!, en el fondo. Si te apoyas sobre mí..., si te subes a mis hombros..., quizá..., puedas alcanzar..., la parte inferior de la barandilla..., ¡buf...! Luego, buscas algo a lo que..., yo pueda agarrarme..., una rama..., lo que sea, para que yo también pueda salir.

–Sí, es buena idea. De acuerdo.

Jorge, con la ayuda de Elisa, intentó hacer varias inspiraciones profundas con las que recuperar parte del resuello perdido. Sin embargo, el tiempo corría en su contra y decidieron no esperar más.

–¿Lista?

–Yo, sí –respondió la chica–. ¿Lo estás tú?

–Sí. Vamos, vamos..., cuanto antes.

Jorge hizo un último esfuerzo para darse impulso. Se tensó, colocó los brazos en vertical, con las manos unidas sobre su cabeza, al tiempo que tomaba una bocanada de aire; y se dejó hundir. Confiaba en que el lago no fuera demasiado profundo en aquella zona. Al menos, no ahora que estaba en su nivel más bajo.

«¿Dónde demonios está el fondo?», pensó mientras descendía. «¿Dónde?».

Tras un par de segundos interminables, por fin notó una cierta resistencia. No se trataba del fondo en sí, sino de una gruesa capa de fango que lo cubría. Se hundió otro medio metro antes de que sus pies apoyasen sobre terreno consistente. Casi de inmediato, sintió a Elisa tratando de alzarse sobre sus hombros.

Ella se percató de que estaba muy lejos de lograr su objetivo. La profundidad había resultado mayor de lo que esperaban e, incluso puesta en pie sobre los hombros de Jorge, era incapaz de alcanzar la barandilla. Decidió intentar apoyarse sobre su cabeza, para ganar así unos centímetros.

Jorge lo entendió. No podía ver nada, pero interpretó a la perfección lo que ocurría, lo que ella trataba de hacer. Trató de sujetarla sobre su cabeza y, calculando que ni aun eso sería suficiente, la agarró por los tobillos y, con un esfuerzo inaudito, la empujó aún más hacia arriba, tanto como le permitían sus brazos.

Y Elisa lo logró.

Cuando parecía que iba a caer de lado, de nuevo al agua, logró impulsarse hacia delante y aferrarse con la mano derecha a uno de los barrotes de la barandilla. Quedó colgando y se estrelló contra la pared. Recibió un golpe doloroso, pero no le importó. Y, enseguida, lanzó la otra mano, se retorció en un esfuerzo enorme y consiguió alzar las piernas, y luego el cuerpo.

–¡Sí! ¡Conseguido...! –gimió.

Bajo el agua, Jorge experimentó un torbellino de sensaciones superponiéndose las unas a las otras. Se dio cuenta de que Elisa había logrado su propósito y eso lo alegró intensamente. Al mismo tiempo, supo que para él todo había terminado. Estaba clavado al fondo, en más de medio metro de fango del que no podía escapar. Trató de liberarse pero lo hizo sin convicción, sabedor de que allí llegaba su fin. Había logrado salvar a la chica –ni siquiera era su chica, solo la chica–, pero dentro de unos segundos, cuando ya no pudiese contener más la respiración y tratase de aspirar una bocanada de aire, sus pulmones se inundarían con el agua termal del lago de Alhama. Y allí acabaría todo. Sintió ganas de llorar, pero no demasiadas. No lo invadió la desesperación y le resultó extraña esa posibilidad de aguardar a la propia muerte con sosiego.

Deseó que el final llegase rápido, que la asfixia no resultase angustiosa, que no hubiera dolor, que la agonía fuese breve. Sintió pena por sus padres y por sus hermanos, que lo echarían de menos durante un tiempo. Imaginó su funeral, en el que alguien diría cosas hermosas de él. Esperaba que Elisa lograra salvarse y pudiese así explicarles a todos que se había comportado como un héroe.

Se despidió del mundo.

Luego, murió.

Con un doloroso esfuerzo, Elisa logró alzarse por encima de la barandilla y caer el otro lado, sobre la gravilla del andador que circundaba el lago. Quedó allí tendida, respirando agitadamente, con su piel desprendiendo volutas de vapor, hasta que cayó en la cuenta de que tenía que ayudar a Jorge. Se incorporó y escudriñó la superficie del agua, esperando verle emerger.

–¡Jorge! –gritó, bajito, mientras intentaba taladrar las tinieblas.

De pronto oyó, más que vio, unas burbujas de aire rompiendo la superficie. Imaginó lo que ocurría. Llegó a pasar una pierna por encima de la barandilla, y estuvo a punto de arrojarse al agua de nuevo. Tal vez si lo hubiese hecho, habría logrado salvarle. O tal vez él habría muerto de todas formas. O tal vez los dos habrían muerto. En todo caso, nunca lo sabría porque no se atrevió. Y aquella duda la perseguiría el resto de su vida.

Permaneció allí un largo minuto, mirando el agua oscura, atenazada por la cobardía. Hasta que comprendió que ya no tenía ningún sentido y, conteniendo el llanto y la vergüenza, se alejó de la orilla del lago.

Curro Bohórquez alcanzó la orilla, nadando muy despacio, cuando ya Jorge Anadón había muerto. Como sus dos compañeros poco antes, constató que no tenía posibilidad alguna de salir del lago mientras el nivel del agua permaneciese tan bajo, de modo que se preparó para resistir a flote cuanto fuese necesario; el resto de la noche si era preciso. Allí, lejos de la isla, a una distancia que consideraba segura incluso frente a los disparos de Goitia, se sintió a salvo. Ahora estaba convencido de sobrevivir y experimentó una extraña euforia que lo llevó a reír a carcajadas.

No tenía frío ni calor, y cada minuto que pasaba, el nivel del lago ascendería unos milímetros, acercándolo a la salvación.

Sin embargo, al cabo de un rato, decidió que el tiempo transcurría demasiado despacio. Quizá poseía la suficiente fortaleza para resistir hasta el final, pero carecía de paciencia.

Supuso que en algún punto del perímetro del lago tenía que haber una forma de acceder al andador cuando el nivel del agua permaneciese bajo, como ahora. Una escala, una rampa o algo similar. Era lo más lógico. Así que, en lugar de permanecer allí, flotando sin más, Curro decidió que, con casi el mismo esfuerzo que empleaba en flotar, podía ir nadando, avanzando en busca de ese acceso. Si daba con él, bien. Si no, al menos el tiempo de espera se le haría más corto.

–Ya está –dijo Tomás, al terminar–. Está listo. Ahora, uno de nosotros tendría que hacer de cebo y, el otro, de..., de ejecutor del plan.

Silvia se abrazó al francés. Se besaron.

–Yo seré el cebo –dijo ella, a continuación–. No me atrevo a más.

–De acuerdo. ¿Lo tienes claro? ¿Sabes lo que debes hacer?

–Sí.

–Cuéntamelo.

–Dejo que Goitia me vea, corro hacia la caseta del pantalán y entro por la puerta. La trampilla del suelo estará abierta. Da directamente al agua. Me tiro por ella y, luego, buceo tan deprisa como pueda alejándome del embarcadero.

–¡No, no...! Bajas por la trampilla, pero acuérdate de cerrarla para que Goitia no pueda seguirte. Solo tienes que tirar de la cuerda.

–Ah, sí, sí, sí..., escapo por la trampilla, la cierro, me tiro al agua y buceo.

–Eso es. ¿Serás capaz?

Silvia se llevó las manos a la boca del estómago, donde la ansiedad le acababa de propinar un pinchazo terrible.

–Lo haré, descuida.

–Vamos allá, entonces. Dame un minuto para colocarme en mi lugar.

Tomás desapareció en la penumbra. Silvia quedó sola y comenzó a contar hasta sesenta, con cadencia de segundero. Luego, se alejó, internándose en el bosque formado por el bambú, en realidad una única, inmensa planta. Al llegar al otro extremo, desde donde se adivinaba la playa artificial, se aclaró la garganta. La oscuridad seguía siendo la dueña de la noche y apenas nada se veía. Sombras entre la penumbra. Se preguntó dónde estaría el Matarife. Podía encontrarse ahí mismo, a su lado. Quizá los hubiese descubierto y los estuviera vigilando en la distancia. En ese caso, ella estaría perdida.

Respiró hondo un par de veces. Luego, comenzó a gritar.

–¡Socorro! ¡Auxilio, por favor! ¡Socorro!

Estaba segura de que sus gritos podían oírse desde cualquier punto de la isla. Después de unos segundos, calló y prestó atención. Contaba con que Goitia aparecería en cualquier momento y necesitaba descubrirlo antes de que él la viera. Sin embargo, en el siguiente minuto, nada ocurrió. Silvia, pese al frío ambiente, había roto a sudar. Decidió cambiar de lugar. Se movió una veintena de pasos dentro del bambú y gritó de nuevo. Y calló después.

Y, por fin, lo vio. Una silueta oscura que se acercaba, cautelosa, pistola en mano. Y, suerte, lo hacía en la dirección más conveniente para sus propósitos. Temblando de miedo y de excitación, Silvia aguardó hasta que el hombre estuvo a la distancia que consideró precisa. Entonces, echó a correr hacia la caseta del embarcadero ruidosamente, sin tomar precaución alguna. Gritando de nuevo.

–¡Socorro!

El policía, de inmediato, se lanzó tras ella.

–¡Quieta! ¡Detente!

A Silvia le pareció oír que el hombre le echaba el alto pero, claro está, atender esa orden era lo último que ella estaba dispuesta a hacer. Zigzagueó entre las cañas de bambú y, por fin, al salir de la espesura, corrió hacia el embarcadero. Era el momento más crítico: esos veinte o treinta metros al descubierto, entre el bambú y la cabaña, en los que no podía contar con otra protección que la oscuridad de la noche. Corrió torpemente. No se giró a mirar hacia atrás, pero pudo sentir a su espalda la presencia del Matarife, que avanzaba mucho más rápido que ella. Confiaba en haber calculado bien las distancias, aunque a punto estuvo de rodar por el suelo cuando las piernas casi se le doblaron al ser consciente de que, en cualquier momento, una bala podía surcar el aire y acabar con su vida.

No fue así, sin embargo, y alcanzó la cabaña. La puerta estaba abierta y también la trampilla del suelo. Se dejó caer por ella y, en el último instante, tiró de la cuerda, para cerrarla tras de sí. Se zambulló en el agua y comenzó a bucear, huyendo de la muerte, braceando hacia el fondo, sintiendo que le faltaba el aire desde el primer instante.

Su perseguidor entró en la caseta, jadeante, y quedó perplejo.

Perplejo por no hallar a la muchacha a la que había visto entrar allí apenas unos segundos antes. Perplejo también por el intenso olor que desprendía la gasolina con la que los chicos habían rociado las paredes y encharcado el suelo.

Casi de inmediato, la perplejidad fue sustituida por la certeza de que le habían tendido una emboscada y él había caído en ella como un incauto. Se giró hacia la puerta, tratando de huir; pero cuando lo hizo, ya era tarde.

El cóctel molotov lanzado por Tomás había atravesado ya el ventanuco; la llama del trapo que lo coronaba ya describía una bella parábola de luz en medio de las tinieblas; Tomás ya se arrojaba al agua desde la plataforma trasera de la caseta; la botella de cristal llena de gasolina ya se rompía en añicos contra el suelo.

La deflagración reventó la cabaña, haciendo saltar el techo de tejas y cañizo. Una bola de fuego arrasó en un suspiro el interior del pequeño almacén. Las llamas envolvieron al policía que, en el último momento, apretó inútilmente, en un gesto reflejo, el gatillo de su pistola.

Cuando Silvia y Tomás sacaron la cabeza del agua, las llamas devoraban el pantalán, incluido el cuerpo de Maricruz; astillas ardientes, chispas y pavesas iluminaban la noche y caían sobre la isla y sobre la superficie del lago, dejando estelas anaranjadas sobre el lienzo negro del firmamento, creando volutas de humo y de vapor y produciendo pequeños, leves chistidos al apagarse sobre el agua.

La figura de un hombre envuelto en llamas había salido de la caseta pero, tras dar dos pasos, se desmoronó. Ahora, tirado en el suelo, continuaba ardiendo, inundando el ambiente con el repulsivo olor de la carne humana abrasada.

Los dos chicos se localizaron con facilidad y nadaron el uno hacia el otro. Se abrazaron. Se besaron. Intercambiaron una mirada de alivio cargada de horror, pero ni una sola palabra. Después, todavía en silencio, se dirigieron de nuevo hacia la isla.

Deberían haber sentido frío al salir del agua, pero las llamas caldeaban el ambiente. Y la visión de los cuerpos calcinados de Maricruz y del asesino resultaba tan dantesca que embotaba los sentidos.

Empujados por un impulso inexplicable, quizá por la necesidad de confirmar su muerte, los dos chicos se acercaron al cadáver del Matarife. Lo contemplaron de cerca durante un largo rato, mudos y aterrados.

Ambos sabían que aquella imagen espantosa, humeante, irreconocible, tan solo aproximadamente humana, formaría para siempre parte de sus pesadillas.

Y pese a ello, no podían dejar de mirar.

Silvia lo hizo hasta que algo llamó su atención. Un sonido que sobresalía por encima del crepitar de las llamas.

Alzó la vista, frunció el ceño.

–¿Qué es eso? –preguntó.

Tomás la miró. Estaba a punto de preguntarle a qué se refería, cuando también lo oyó.

Era el llanto de un niño. Un llanto raro, monocorde. Desagradable. Feo. El llanto de un niño que llora por llorar.

Sorprendidos, Silvia y Tomás buscaron su origen con la mirada, hasta que la chica lo localizó al pie de un árbol cercano.

–Allí, mira. ¿Qué demonios es eso...?

Se aproximaron con cautela.

Cuando aún se encontraban a varios pasos de distancia, Silvia se detuvo y, ahogando un grito, se abrazó a Tomás, buscando instintivamente su protección. El chico sintió un vacío feroz en las entrañas y sabor de hiel en la boca.

La que lloraba tan desconsoladamente era una muñeca de porcelana.

Una muñeca desnuda y con los ojos rotos.

El guardia civil de tráfico Salvador Ochoa estaba tomando anotaciones en su libreta que le ayudasen a redactar más tarde un informe sobre el accidente del túnel de Alhama cuando, iluminada por las luces giratorias de los diversos coches de emergencias que habían acudido al lugar, vio acercarse hacia él, caminando por la carretera, descalza y temblorosa, una figura irreal, casi espectral, a la que le costó identificar con una chica menuda, morena, aterida de frío y ataviada tan solo con un bañador. Tenía la mirada asustada y perdida en la nada.

Tras unos segundos de indecisión, viendo que ninguno de sus compañeros se percataba de la presencia de la muchacha, Ochoa se acercó hasta ella y la tomó de las manos.

–¿Quién eres tú, pequeña? –le preguntó, mientras se despojaba de su cazadora de cuero para ponérsela sobre los hombros–. Dime: ¿qué haces aquí? ¿De dónde vienes?

La chica tardó en contestar y lo hizo con un hilo de voz.

–Me..., llamo Elisa.

Silvia y Tomás aún miraban con ojos desorbitados la muñeca de porcelana cuando un sonido a sus espaldas les hizo dar un respingo. El inconfundible sonido del cerrojo de una pistola automática.

–Buen trabajo, muchachos. Buen trabajo. Brillante. Lástima que, al parecer, os hayáis equivocado de objetivo. Porque supongo que esta barbacoa la habíais preparado para mí, ¿no es así?

Germán Goitia, con una sonrisa malévola en los labios, les apuntaba a unos metros de distancia con su Smith & Wesson. Los dos chicos le dedicaron una mirada aterrada e incrédula. Silvia, incluso, miró alternativamente al inspector de policía y el cadáver calcinado y humeante que yacía a unos metros de distancia, como si le costase entender lo que había ocurrido.

El Matarife volvió a hablar.

–Comprendo que os resulte un tanto desconcertante. Incluso yo no acabo de asimilar semejante golpe de fortuna. Pero lo cierto es que, a la vista de que vuestro *roast beef* empuña una Beretta Brigadier, yo diría que os habéis cargado al inspector jefe Manuel Felices. Pobre Felices. Tenía una hija, que lástima, que ahora se habrá quedado definitivamente sola. Con unos ojos muy, muy bonitos, por cierto. Unos ojos que no me importaría en absoluto añadir a mi colección. De hecho, quizá algún día lo haga. Hay que ver cómo engancha el coleccionismo de ojos. No me lo podía imaginar. Como la filatelia o el modelismo ferroviario, al menos. Eso sí, para esto hay que mancharse las manos.

–Es usted un monstruo –murmuró Jorge.

Goitia desoyó la frase y continuó con su discurso.

–Pero si los ojos de la señorita Felices son hermosos, lo cierto es que tienen mucho que envidiarles a los tuyos, Silvia, querida –dijo, mirando fijamente a la chica, que palideció intensamente, hasta adquirir la piel de su rostro el color del papel de estraza–. ¿Sabes que tienes los ojos del mismo azul violeta que los de la actriz Elizabeth Taylor? Sí, claro que lo sabes. Te lo habrán dicho mil veces. Solo por tener tus ojos, ya habrá merecido la pena todo esto.

Jorge decidió no esperar más. Goitia estaba loco e iba a matarlos para arrancarles después los ojos, así que poco tenían que perder con una acción desesperada. Y quizá con ello Silvia tuviese una oportunidad.

Estaba viendo a sus pies una piedra de buen tamaño.

En un gesto muy rápido, se agachó, la cogió y se la lanzó al Matarife, intentando acertarle en la cabeza. Y sin esperar más, echó a correr.

La piedra pasó apenas a cuatro dedos de la sien de Germán Goitia, pero él ni siquiera se inmutó. Solo se indignó al ver que el chico trataba de huir.

–Pero ¿es que eres imbécil, niño? –le gritó.

Y, acto seguido, apuntó su arma y disparó. Dos veces. E hizo dos blancos en la espalda de Tomás, que cayó de bruces.

Podía haber sido el momento que aprovechase Silvia para intentar huir, pero la muchacha, al contrario, quedó paralizada. Sin perderla de vista, Goitia se acercó a Tomás, que permanecía tumbado boca abajo. Aún respiraba. Aún se retorcía. Le acercó al cuello el extremo del cañón de la pistola y volvió a disparar. Justo en el mismo punto en el que otras víctimas habían recibido el punzón de matarife, entre la tercera y la cuarta vértebras, él recibió una bala del veintidós. El resultado fue, lógicamente, el mismo.

Sin la menor dilación, Goitia se dirigió hacia Silvia Ortiz, que permanecía encasquillada, paralizada por el terror supremo.

Sin contemplaciones, el asesino la derribó, se colocó sobre ella a horcajadas, inmovilizándola con su peso, y le sujetó firmemente la cabeza con la mano izquierda. Dejó la pistola y sacó del bolsillo de la chaqueta una navaja larga y fina, semejante a un estilete.

–No sabes cómo lo siento pero, para que unos ojos como los tuyos conserven intacta su belleza, hay que arrancarlos aún en vida, mientras la sangre corre por las arterias. Incluso usar anestesia los empañaría levemente, así que no la utilizaré en esta ocasión. Compréndeme: es para que mantengan todo su brillo. Lo merecen.

Con su habitual precisión, Goitia cortó el párpado izquierdo de la chica con la navaja, indiferente a sus gritos. El globo ocular quedó desnudo. Entonces, con los dedos, hundiendo el pulgar por debajo, lo manipuló hasta sacarlo de la órbita y tiró fuerte a continuación, para romper el nervio óptico.

A la luz de las llamas, Germán Goitia contempló con arrobo, sobre la palma de su mano, el globo ocular de Silvia.

–¡Qué maravilla! –musitó, emocionado.

Recuperó su navaja del suelo y se dispuso a arrancarle a Silvia su ojo derecho.

Y entonces, inesperadamente, de golpe, acabó todo.

–Y entonces, inesperadamente, acabó todo.

–¿De qué manera? –quiso saber Manuel Arcusa.

–Sonó un disparo y, al instante, sentí en el costado derecho un dolor terrible que me derribó al suelo. Como la patada de un gigante. ¡Miren, miren! Aún tengo aquí la marca del balazo.

Goitia se alzó la chaquetilla del pijama, mostrando su costado derecho. Arcusa y De la Calva lanzaron una mirada poco interesada. Lo cierto es que no vieron nada. Ningún resto de viejas cicatrices. Solo las costillas marcándose en el cuerpo flaco del Matarife.

–Mientras me desplomaba –continuó Germán–, antes de perder el conocimiento, logré girar la vista. Allí estaba el maldito guardia civil apuntándome con su pistolita de mierda. ¡Un guardia civil de la agrupación de tráfico! ¿Lo pueden creer? Ochoa, se llamaba. ¡El tipo ni siquiera sabía disparar, por Dios! Me apuntó a la cabeza y me acertó en las costillas. ¡Qué inútil...! Y, junto a él, de pie, como un pequeño espectro miserable, aquella niña pálida e insulsa, de ojos asquerosamente vulgares.

–Elisa Ramírez, supongo –apuntó De la Calva.

–En efecto. Veo que han estado atentos a mi historia. Eso me complace. Era ella, sí. Después de dejar morir ahogado a Jorge Anadón, la muy zorra echó a andar hasta salir del balneario y encontrarse con Ochoa y los otros guardias que habían acudido al accidente de tráfico entre el Milquinientos y el camión. De no ser por ella, habría conseguido arrancarle el otro ojo a Silvia Ortiz. Nunca se lo perdonaré.

Los dos policías se miraron. Arcusa echó hacia atrás las páginas de su libreta, repasando algunos datos.

–Por cierto, ¿qué ocurrió con Silvia Ortiz? ¿Sobrevivió?

–Oh, sí, sí..., con un ojo menos, pero sobrevivió. Y también el impresentable de Curro Bohórquez. Creo que los subestimé.

Al proponerles jugar al escondite, les concedí una oportunidad que, en realidad, no merecían.

Arcusa estaba terminando de hacer recuento.

–De modo que, finalmente, tres de los chicos sobrevivieron. Por tanto, acabó usted con la vida de..., diez adolescentes.

–Directamente, de solo nueve. Recuerde que Jorge Anadón se ahogó él solito en el lago, por intentar hacerse el héroe. No tuve nada que ver.

–Hombre, Goitia..., nada que ver, tampoco. Indirectamente, murió por su culpa.

–Vale, lo admito. Pero, entonces, añada a la lista a Celso Maroto. Indirectamente, también él murió por mi culpa, aunque lo matase su padrastro, el coronel. Y sume a Dávila y Felices, otros dos muertos colaterales. Y al conductor del camión.

–Ellos no fueron cosa suya, pero sí mató a sangre fría al inspector Navarro.

–Ah, por supuesto. Me encantó hacerlo. Era un tipo despreciable en grado sumo. Un baboso al que se le iban la vista y las manos detrás de las jovencitas.

–Y no olvidemos a los seis guardias civiles del destacamento de Alhama. Igualmente muertos.

–Lo merecían, sin duda. Eran descuidados y torpes. Solo sabían quejarse, pero no cumplir con el reglamento. Que yo solito acabase con todos ellos demuestra sobradamente su incompetencia.

–Y al padre Álvaro, el confesor de Maite Laguna.

–El maldito cura... Fue un muerto puramente estratégico, pero..., ¡qué mal me caía!

–Y Rosa Pellejero, la mujer que vivía en aquel panteón del cementerio de Torrero.

–¡Robaba las flores de la tumba de mi padre! ¿Se puede ser más miserable?

Arcusa suspiró.

–En total, si no he hecho mal la cuenta, mató usted en aquellos días a..., dieciocho personas. En menos de una semana. Caray, no sé si será un récord mundial pero, desde luego, debe de estar muy arriba en la lista de los mayores criminales de la Historia.

Goitia agitó las manos,

–¡Qué va, hombre, qué va! Cualquier presidente de cualquier país del mundo me gana de largo.

De la Calva sonrió ante el sarcasmo.

–Y, sin embargo, su caso es muy poco conocido.

–Bueno..., ya saben. El régimen de Franco presumía de que en su España no pasaban estas cosas. Se las apañaron para silenciarlo todo. Una lástima. Yo creo que habría merecido un mayor reconocimiento. Que alguien filmase una película sobre mi vida. O escribiese una novela. No sé..., algo.

–Así que, a fin de cuentas, quizá todo aquello no valió la pena.

–¡Oh. sí, claro que sí! –exclamó Germán–. Valió la pena tan solo por una cosa. Se la voy a mostrar.

Germán se arrodilló junto al catre y deslizó el brazo entre el colchón y el somier, hasta dar con una cajita de porexpán, como las que se utilizan para servir hamburguesas. La abrió delante de los dos inspectores. Contenía un globo ocular, con restos de sangre, como recién sacado de su órbita. Tenía el iris de un color azul oscuro, casi violeta.

Arcusa y De la Calva lo miraron con aprensión.

–¿No es maravilloso? –preguntó Goitia–. Lo contemplo cada noche antes de acostarme y cada mañana al levantarme. Me da fuerzas. Tan solo lamento no haber podido hacerme con el otro. La parejita.

Tras una pausa, los policías se pusieron en pie.

–Bien..., nos va a disculpar, pero tenemos que marcharnos ya, Germán –dijo Arcusa.

–¿Ya? ¿De veras? ¡Cuánto lo lamento! Al menos, espero haberles sido de utilidad.

–Desde luego que sí –afirmó De la Calva, amablemente.

Goitia se acercó a la puerta y gritó el nombre de Dolores hacia el pasillo, a través del ventanuco enrejado. La mujer acudió enseguida.

–¿Qué ocurre, Germán?

–Los inspectores se van ya.

–Oh, entiendo...

Dolores abrió la puerta y entró en la celda.

Por supuesto, allí no había nadie más que Germán Goitia.

–Adelante, señores –dijo la mujer, con un gesto teatral, mirando a la nada–. Ahora, los acompañaré hasta la salida.

Simuló seguir con la mirada los pasos de los dos hombres. Cuando iba a salir tras ellos, Germán la detuvo con una pregunta.

–¿Puede decirme qué hora es, Dolores?

–Son casi las seis. Está a punto de amanecer. Ha pasado usted la noche en blanco contando esa historia.

–Tenía que hacerlo. Por lo visto, un asesino anda suelto y es mi deber colaborar con mis antiguos compañeros. ¿Le he dicho alguna vez que yo fui policía?

–Sí, Germán. Inspector de policía, ¿verdad?

–Eso es.

–Lo sé. Ahora, intente descansar.

–Al salir, cierre la puerta, por favor. Ciérrela con llave. Ya sabe que soy un tipo peligroso.

Una vez solo de nuevo, Germán Goitia se tumbó boca arriba en el catre. Desde hacía una semana, una extraña mancha de humedad había aparecido en el techo de su celda. Al principio, no le concedió importancia. Solo era una mancha. Pinceladas de moho verdinegro sobre el cielorraso de escayola extendiéndose poco a poco, como una epidemia en miniatura.

A partir del tercer día, Germán se había percatado de que la mancha dibujaba en el techo el rostro, cada vez más nítido, de una mujer. Una mujer hermosa, pero atormentada. Una mujer en busca de venganza que le resultaba vagamente familiar.

Justo en ese instante, a punto de conciliar el sueño, Germán cayó en la cuenta: el rostro de mujer surgido de la mancha de humedad tenía las facciones de Lauren Bacall.

Índice

UNO 7

No elegimos nuestras pesadillas. Ellas nos eligen a nosotros.

Progeria 9

La noche 12

Ojos que gritan 16

DOS 19

De todos es bien sabido que un verdadero asesino no necesita motivos; tan solo víctimas.

TRES 29

Todas las víctimas se parecen; los criminales lo son cada uno a su manera.

Peri mortem 36

Un mal trago 39

Los tres mosqueteros 44

Discreto funeral 49

Panteón 54
Tres cincuenta y siete Magnum 60
Dionisio «el grifo» 63
Mi padre 66
El pasadizo del trascoro 71
Colgado del alambre 79
Un punto en común 83
AGM 92
Un plan ingenioso 102
Caso resuelto 113
Operación Balneario 121

CUATRO **126**

En la historia del mundo, casi todos los muertos lo han sido con violencia. La muerte plácida y natural es pura anécdota.

El apagón 141
El llanto 146

CINCO **158**

Todos tenemos derecho a mentirnos. Incluso, a apostar contra nosotros mismos.

Mañanita de niebla 160
La ruta del tambor 164
El lago 166
Zinc 167
Desengaño 7 177
Robagallinas y picoletos 182
Cadena de mando 186
El chistido de la muerte 190
Barrutia 195

Diez segundos 199
Al límite 201
El coleccionista 201
Una noche ideal para matar 204
Más allá del bambú 206
El túnel 210
El juego del escondite 212
Como un dandi 217
Divide y vencerás 220
Al rescate 221
Lo inesperado 222

Fernando Lalana

Fernando Lalana nació en Zaragoza en 1958. Tras estudiar Derecho, encamina sus pasos hacia la literatura, que se convierte en su primera y única profesión al quedar finalista en 1981 del Premio Barco de Vapor con *El secreto de la arboleda* (1982), y de ganar el Premio Gran Angular 1984 con *El zulo* (1985).

Desde entonces, Fernando Lalana ha publicado más de un centenar de libros de literatura infantil y juvenil.

Ha ganado en otras dos ocasiones el Premio Gran Angular de novela, con *Hubo una vez otra guerra* (en colaboración con Luis A. Puente), en 1988, y con *Scratch*, en 1991. En 1990 recibe la Mención de Honor del Premio Lazarillo por *La bomba* (con José Mª Almárcegui); en 1991, el Premio Barco de Vapor por *Silvia y la máquina Qué* (con José Mª Almárcegui); en 1993, el Premio de la Feria del Libro de Almería, que concede la Junta de Andalucía, por *El ángel caído*. En 2006, el Premio Jaén por *Perpetuum Mobile*; en 2009, el Latin Book Award por *El asunto Galindo*; en 2010, el Premio Cervantes Chico por su trayectoria y el conjunto de su obra, y en 2012 el XX Premio Edebé por *Parque Muerte*.

En 1991, el Ministerio de Cultura le concede el Premio Nacional de Literatura Infantil y Juvenil por *Morirás en Chafarinas*; premio del que ya había sido finalista en 1985 con *El zulo* y del que volvería a serlo en 1997 con *El paso del estrecho*.

Fernando Lalana vive en Zaragoza, sobre las piedras que habitaron los romanos de Cesaraugusta y los musulmanes de Medina Albaida; es decir, en el casco viejo.

Si quieres saber más cosas de él, puedes conectarte a: www.fernandolalana.com

Bambú Exit

Ana y la Sibila
Antonio Sánchez-Escalonilla

El libro azul
Lluís Prats

La canción de Shao Li
Marisol Ortiz de Zárate

La tuneladora
Fernando Lalana

El asunto Galindo
Fernando Lalana

El último muerto
Fernando Lalana

Amsterdam Solitaire
Fernando Lalana

Tigre, tigre
Lynne Reid Banks

Un día de trigo
Anna Cabeza

Cantan los gallos
Marisol Ortiz de Zárate

Ciudad de huérfanos
Avi

13 perros
Fernando Lalana

Nunca más
Fernando Lalana
José M.ª Almárcegui

No es invisible
Marcus Sedgwick

Las aventuras de George Macallan. Una bala perdida
Fernando Lalana

Big Game (Caza mayor)
Dan Smith

Las aventuras de George Macallan. Kansas City
Fernando Lalana

La artillería de Mr. Smith
Damián Montes

El matarife
Fernando Lalana

El hermano del tiempo
Miguel Sandín

El árbol de las mentiras
Frances Hardinge